박정훈

전 SBS 대표이사 사장. 1986년 MBC PD로 시작해 만 39년 넘게 다큐멘터리와 시사, 교양, 라디오, 편성, 예능, 드라마 책임자를 거치는 방송계의 전무후무한 기록을 세우며 삶이 원하는 콘텐츠가 무엇인지 스스로 질문해 왔다.

〈그것이 알고 싶다〉〈사랑의 징검다리〉〈송지나의 취재파일〉 등을 제작, 우리 사회의 여러 단면과 다양한 사람들의 이야기를 추적했고, 인간의 몸과 생명에 대한 근원적인 물음으로 〈육체와의 전쟁〉〈아름다운 성〉 같은 다큐멘터리를 연출해 큰 반향을 일으켰다. 2000년 3부작 다큐멘터리 〈생명의 기적〉을 통해 제왕절개와 출산 문화에 대한 사회적 인식을 바꾸는 계기를 만들었고, 2002년 〈잘 먹고 잘사는 법〉으로 자연식 밥상과 웰빙 신드롬을 촉발했으며 책으로도 출판해 22만 부가 넘는 베스트셀러를 기록했다. 2004년 3부작 〈환경의 역습〉에서는 '새집증후군'과 실내공기 오염, 중금속·농약 등 생활환경의 위험을 조명해 제도와 산업 전반의 변화를 이끌어냈다.

고려대학교 영문과를 졸업하고, 호주 시드니의 UTS (University of Technology Sydney)에서 저널리즘 석사학위를 받았다. 한국방송대상 대상을 포함, 한국방송대상 3회, 삼성언론상, 백상예술대상 작품상, 올해의 좋은 프로그램 대상, 방송프로듀서상, 국민포장 등 국내외 상을 30여 차례 수상했다.

저자는 이 책에서 그동안의 삶을 통해 우연과 선택, 터닝포인트가 어떻게 한 사람의 인생을 빚어내는지 탐구하며, 현실은 예측 가능한 공식이 아니라, 수많은 가능성이 중첩된 '확률의 이야기'임을 발견해간다. 방송사 평사원에서 지상파 최장수 사장에 이르기까지, 극도로 낮은 확률을 뚫고 이어진 자신의 삶을 '운과 선택, 함께 일하는 사람들에 대한 존중과 책임의 리더십'의 언어로 다시 쓰고 있다.

태평양을 건너는
거북이 등에
낙엽이 떨어질 확률

태평양을 건너는
거북이 등에
낙엽이 떨어질 확률

1판 1쇄 펴냄 2026년 3월 25일

지은이 박정훈
발행인 김병준·고세규
발행처 생각의힘
편집 박승기 디자인 김경민 마케팅 김유정·신예은·최은규

등록 2011. 10. 27. 제406-2011-000127호
주소 서울시 마포구 독막로6길 11. 2, 3층
전화 편집 02)6925-4185 영업 02)6925-4188 팩스 02)6925-4182
전자우편 tpbook1@tpbook.co.kr 홈페이지 www.tpbook.co.kr

ISBN 979-11-94880-44-8 (03810)

태평양을 건너는 거북이 등에 낙엽이 떨어질 확률

박정훈 지음

생각의힘

차례

일러두기

1. 도서 제목에는 겹화살괄호(《 》), 방송 프로그램·강의·영화의 제목에는 홑화살 괄호(〈 〉), 시의 제목에는 작은따옴표(' ')를 사용하였다.

2. 외래어와 외국어는 국립국어원의 표준어 규정 및 표기법을 따랐으나, 일부는 관례와 원어 발음을 바탕으로 적용했다.

"관찰의 영역에서, 우연은 오직 준비된 정신만을 선택한다."

-루이 파스퇴르(Louis Pasteur)

인생이 무엇으로 움직이는지, 무엇이 인생의 터닝 포인트를
만들어 내는지 함께 정리하고 싶은 이가 있다면,
이 시간 여행에 동참해 주기를 권한다.

1

인생은 확률 게임인가

인생에는 수많은 가능성이 동시에 열려 있다

오래도록 '확률'이라는 말을 좋아하지 않았다. 수학 시간에 배운 딱딱한 개념이었고, 일어나는 온갖 일들과 인생을 설명하기에는 지나치게 차갑고 무책임한 단어처럼 느껴졌기 때문이다. 삶에서 벌어지는 크고 작은 사건들을 그저 '그럴 확률이 있었다'는 말로 쉽게 정리해 버리는 것 같아서, 어쩐지 그 일의 당사자가 지나왔을 긴 고심의 시간과 겪었을 고통, 그리고 그 안에 담긴 다양한 의미들을 간단히 축소해 버리는 것처럼 보였다.

그런데 어느 순간부터 생각이 조금씩 바뀌기 시작했다. 인생을 가만히 돌아보니, 의도하지 않았던 사건들, 준비하지 않았던 선택들, 우연처럼 보였던 수많은 만남과 이별들이 이상할 정도로 촘촘하게 연결되어 있었기 때문이다.

이 책은 삶을 확률로 '증명'하려는 시도가 아니다. 나는 과학자도 아니고, 수학자도 아니다. 방송 일을 천직으로 알고 일해 왔고, 아들로, 남편으로, 아버지로 살아 왔다. 그런데 그 과정에서 경험한 수많은 일들을 돌아보다 보니, 확률이라는 개념이 인생을 이해하는 유용한 도구가 될 수 있겠다는 생각에 이르게 되었다.

나의 인생은 미리 짜인 각본처럼 흘러가지도 않았고, 그렇다고 완전한 무질서 속의 우연만으로 이루어지지도 않았다. 오히려 수많은 가능성이 동시에 열려 있는 상태에서, 어떤 선택과 어떤 사건들이 서로 연결되며 현실로 펼쳐지는 과정에 더 가까웠다. 그 결과를 나중에 '운명'이라 부를 수도 있겠지만, 늘 내 앞에는 수많은 변수가 얽히고 중첩°되어 있었다.

우리 인생은 아주 작은 차이가 전혀 다른 결과를 만들어 낸다는 점에서 '카오스'°라는 개념과도 일맥상통한다고 생

• 중첩(重疊, Superposition): '거듭 겹쳐 있다'는 뜻. 아직 현실로 드러나지 않은 무수한 가능성들이 층층이 쌓여 있는 잠재적 상태.

○ 카오스 이론: 겉보기엔 무질서하고 예측 불가능해 보이는 현상 속에서 숨겨진 질서와 규칙성을 찾는 과학 이론. '나비 효과'가 대표적인 예이다.

각하게 되었다.

물론 이 책에서 내가 사용하는 이런 낯선 단어들이 물리
학적 정의와 정확히 일치하는 의미는 아니다. 다만 살아온
시간을 돌아보는 데, 이보다 더 잘 어울리는 단어들이 없었
을 뿐이다.

이 책은 삶에서 일어나는 일들을 과학적 원리를 밝히려
는 시도도 아니다. 인생의 작동 원리를 경험을 통해 밝히고
싶은 '고백록'이라고 할 수 있다. 여기 등장하는 이야기들
은 모두 실제로 겪은 일들이다. 방송국에 입사하게 된 우연
같은 필연, 타인의 한마디 말에 갑자기 바꾼 인생의 중대한
선택, 지인들의 죽음이 남긴 온갖 질문들, 아이의 출생을
통해 다시 생각하게 된 생명의 의미까지.

이 경험들을 최대한 기억 속에 남아 있는 그대로 옮겼다.
쉽게 쓰는 것이 어렵다 하지만, 나의 지적 수준으로는 어렵
게 쓸 수도 없어 다행이다. 많은 사람들이 지켜본 방송인
의 삶이라 거짓이나 과장도 있기 어렵다. 책에 나오는 모든
대화 역시 당사자들의 오해를 낳지 않도록, 기억 속에 어제
찍은 사진처럼 생생하게 남아 있는 내용만 기술했다.

성공할 확률이 높아 보이지 않았던 선택들이 결과적으

로 인생에서 중요한 전환점이 되었음을 솔직하게 기록하고 싶었다. 그리고 그 과정에서 한 가지 아이러니한 사실을 깨닫게 되었다. 인생이 예측되지 않는다는 사실이 오히려 현실을 긍정적으로 바라볼 수 있게 만들어 준다는 점이다.

현실에서 일어나는 일들을 이런 관점에서 바라보면 정신 건강에도 좋을 수 있다. 출근길에 차가 막혀도 '안 막히면 빨리 가다 사고가 날 수도 있지', 비행기가 늦게 출발해도 '승객한테는 말하지 못할 무언가 중요한 것을 고치느라 그런 걸 거야' 하고 너그럽게 생각하면 화낼 일이 없게 되고, 일상에서 벌어지는 어떠한 불편과 변수들 앞에서도 편안하고 즐겁게 생활할 수 있다.

실제로 9·11 테러 당시 살아남은 사람들 가운데에는 늦잠을 자서, 차가 막혀서, 주문한 커피가 늦게 나와서, 혹은 뭔가 사소한 일이 지연되어서 직장이 있던 그 건물에 제때 도착하지 못해 사고를 면한 경우가 다수 있다고 알려져 있다. 세상의 사건들은 내가 의도한 대로, 내가 예상한 시간의 흐름대로 돌아갈 확률이 거의 없다는 것을 안다면, 우리 같은 보통 사람들은 그저 좋은 결과가 일어날 가능성을 높이기 위해 최선을 다하되, 시쳇말로 '안 되면 말고' 하면 되는 것 아닐까.

확률, 가장 겸손한 언어

나는 죽음과 그 이후의 과정에 대해 고민하지 않는다. 생명체는 그저 살아가도록 놓아 두고, 죽음에 도달하면 그간의 노고를 위로하고 축하하면 되는 것이다. 그 이후에는 인간을 안심시켜 온 천당에 갈 확률, 다시 태어날 확률, 그냥 완전히 소멸될 확률, 혹은 우주의 먼지가 되어 다른 행성으로 이동할 확률들이 각각 알아서 작동할 것이다. 어떤 가능성도 미리 배제할 필요가 없다.

죽음을 직접 겪은 후에 보면, 어떤 것들은 우리가 오해하고 있었다는 사실을 알게 되겠지만, 이미 죽었으니 그 사실을 다시 전할 수도 없다. 그렇다면 살아 있는 우리가 할 수 있는 일은 단순하다. 오늘 내가 만들어 낸 하나의 경험이 이후의 내 삶을 더 좋은 방향으로 이끌 확률을 조금이라도 더 높인다는 사실을 아는 것! 이것만으로도 우리는 지금 여기에서 누구나, 그리고 얼마든지 각자의 행복을 긍정적으로 바라보고 설계할 수 있을 것이다.

독자들도 지나온 선택들이 어떤 점으로 찍혀 있었는지, 그리고 그 점들이 어떻게 지금의 자신으로 이어졌는지 들여다볼 수 있기를, 그리고 나의 이야기가 누군가에게 조금은 다른 각도에서 자신의 지나 온 시간과 인생을 성찰하는 계기가 될 수 있기를 기대하며 글을 시작한다.

　어쩌면 확률은 우리가 여기까지 살아왔다는 사실을 가장 겸손하게 설명해 주는 언어인지도 모른다. 인생이 무엇으로 움직이는지, 무엇이 인생의 터닝 포인트를 만들어 내는지 함께 정리하고 싶은 이가 있다면, 이 시간 여행에 동참해 주기를 권한다.

나의 인생은 미리 짜인 각본처럼 흘러가지도 않았고
그렇다고 완전한 무질서 속의 우연만으로 이루어지지도 않았다.
오히려 수많은 가능성이 동시에 열려 있는 상태에서
어떤 선택과 어떤 사건들이 서로 연결되며
현실로 펼쳐지는 과정에 더 가까웠다.

뿌옇던 실체들이 조금씩 선명하게 보이기 시작했다.
지나서 뒤돌아보니 지난 40년은
내가 20대 시절 가졌던 질문에
천천히 답을 찾아가는 과정이기도 했다.

2

예측 불가의 인생 시작

알 수 없는 전개

인생은 알 수 없는 확률 게임일지 모른다는 느낌이 문득 찾아온 건 대학 졸업반 때였다.

아무 생각 없던 입시 준비 시절을 지나 대학에 들어서자, 자연스럽게 철학적 사유를 하는 시간이 만들어졌다. 생전 처음 '클래식 음악 감상실'이라는 곳에도 드나들며, 폼 잡고 서양의 클래식 음악이라는 것을 난생처음 즐기게 되었고, 교양 강의 시간에 겉핥기로나마 동서양 철학을 접하면서 끝 모를 어떤 고민이 뇌 한구석에 깊이 자리 잡기 시작했다. 그건 어느 한순간의 궁금증이라기보다 나름 오래도록 나를 지배해 온 질문이기도 했다.

'내 인생은 왜 이렇게 가고 있지?'

거대 담론은 차치하고라도 이런 사소한 의문들도 자꾸

생겨났다.

'왜 나는 우리 부모님한테서 태어났지? 그게 필연과 같은 운명일까, 아니면 우연일까?' '왜 나의 아버지는 사업에 실패해서 우리 가족은 온갖 생고생을 했을까?' '왜 나는 남들은 한 번에도 들어오는 대학을 재수할 수밖에 없었지?' '일상에서 벌어지는 모든 것들이 정해진 운명일까, 아니면 우연일까?'

대학생의 치기 어린 머리로는 아무리 쥐어짜도 당연히 답은 어디에서도 찾지 못했다. 하지만 나도 모르게 습관처럼 자리 잡은 이런 잡생각은 뇌 속 해마 어느 깊은 곳에 똬리를 틀고 앉아 나올 생각을 하지 않았다.

'앞으로 나의 인생은 어떻게 진행될까?'

'인생에는 어떤 원리가 작동하고 있는 것일까?'

누구나 한번쯤 생각하다 골치 아프다고 치워 버렸을 법한 이 질문들에 대한 답을 꼭 찾고 싶었다. 하지만 대다수 보통 수준의 머리를 가진 사람들이 실패했듯, 나도 답을 찾지 못했다.

'그래, 지금 못 찾더라도 살다 보면 언젠가 찾아지겠지.'

지금 생각하면 아무것도 아닌 사건들이지만 궁금한 건 못 참는 편이어서, 조그만 일이라도 겪고 나면 '왜 이런 일이 생길 수밖에 없었을까?' 하고 혼자 골똘히 생각하곤 했다. 그런데 꼬리를 물고 이어지던 이런 무모한 의문이 절정에 이르게 된 것은, 바로 대학 졸업 직전에 생긴 이 사건 때문이었다.

결론부터 이야기하자면, 대학 4학년 2학기에 당시 '언론고시'라고 불리던 MBC 입사시험에 덜컥 합격한 것이다. 이를 목표로 나름 준비한 결과였다면 자업자득*이었겠지만, 언론사 입사 준비를 조금도 하지 않았고, 언론사 입사 준비를 위한 언론고시반이 존재한다는 사실조차도 입사원서를 접수할 때쯤에 알게 되었다. 그렇다고 머리가 남들보다 비상한 것도, 공부를 특별히 잘했던 것도 아니었다. 나한테는 좋은 일이 생긴 것이지만, 그 상황이 도저히 이해가 되지 않았다.

1986년 9월 중순 어느 날, 도서관에서 시간을 죽이고 있던 나에게 친구 K가 다가와 이런 제안을 했던 기억이 어제 일처럼 또렷하다.

"정훈아, MBC 입사시험 공고가 떴는데, 같이 시험 보지

---

* 자업자득(自業自得): 자기가 저지른 일의 결과를 자기가 받음.

않을래?”

“뭐 하러?”

“요즘 TV 프로듀서가 얼마나 인기가 많은데. 나 그거 하고 싶어서. 너도 경험해 본다 생각하고, 같이 시험 보자.”

“그게 뭐 하는 건데?”

“야, 이 무식한 놈이, TV 프로듀서가 뭐 하는지도 몰라?”

“몰라. 그게 뭐 하는 건데?”

당시는 TV가 컬러로 나오기 시작한 지도 몇 년 지나지 않은 시점이었고, TV도 거의 안 보던 시절이라 정말로 한 번도 관심을 가져 본 분야가 아니어서 모른다고 했는데, K는 진짜 한심한 놈이라고 종알대며 귀찮은 듯 이렇게 썰을 풀었다.

“그거 요즘 졸업생 선망 직종 1위야, 인마. 쉽게 설명하면 영화감독 같은 건데, 텔레비전 프로를 감독하는 거지.”

일부러 찾아와 남의 앞길까지 걱정해 주는 친구에 대한 예의상 이렇게 물었던 기억이 난다.

“그거 혹시 넥타이 매지 않고 다녀도 되는 직업이냐?”

내 엉뚱한 질문에 친구가 키득거리며 본격적으로 야단을 치기 시작했다.

“야, 인마. 넥타이 매고 감독하는 놈이 어디 있어? 너 진짜 웃긴다.”

그런데 K의 이 말이 귀에 쏙 하고 박혔다.

“진짜 넥타이를 안 매고 다녀도 된다는 거지?”

얼마 전 큰형이 장가가던 날 생애 처음 넥타이를 맸다가 숨 막히는 경험을 한 후에, 넥타이를 안 매고 살 방법을 찾는 게 나에겐 나름 지상과제였던 차였다. 졸업반이니 누가 뭐 해 먹고 살 계획이냐고 물으면 “넥타이 매지 않아도 되는 거 하려고” 하고 쉽게 대답하곤 했다.

K는 나를 설득하는 데 성공해서인지 기꺼이 지원서도 갖다 주고, 고맙게도 대신 접수까지 시켜 주었다.

며칠 후 1차 시험을 보러 성균관대학교 교정에 들어서는 순간 잊지 못할 광경을 목격했다. 대입 예비고사 보던 때처럼 TV-PD 지원자만 5천 명이 넘게 바글거렸다. 지원자가 많다 보니 대학교 전체를 빌려 TV-PD 한 직종의 시험을 치르게 했던 것이다. 순간 일말의 양심이 찔렸다.

‘생애 첫 취업 시험인데, 상식이라도 좀 더 챙겨 보고 올걸.’

그런데 며칠 후, 컴퓨터로 채점했으니 오류가 있진 않았을 텐데 내가 1차 시험에 붙어 버렸다. 미안하게도 언론고시반에서 열심히 공부했던 착한 친구 K는 낙방을 했다. 붙었다고 기분이 나쁜 건 절대 아니었지만, ‘세상에 이런 불합리한 일이 있어도 되는 것인가?' 싶었다. 뭔가 세상이 이상하게 돌아가고 있었다.

2차 논술 시험도 합격. 3차 집단 토론 시험도 합격. 4차 최종 임원 면접도 합격. 예정된 수순대로 가는 게 인생이 아니라면 절대 일어날 수 없는 우연들이 내 청춘의 한 페이지에서 마치 필연처럼 연속으로 펼쳐지고 있었다.

꽤 힘들다고 알려진 방송사 시험을 무임승차하듯 통과한 일이 있고 나서부터, 운이 좋았다는 생각 한편으로는 '내 인생이 내 의지대로 안 되는 거 아니야?' 하는 의심을 거둘 수 없게 되었다. '도대체 인생은 어떤 원리로 작동되는 건가'라는 질문 또한 시도 때도 없이 반복하게 되었다.

나이 든다는 것

화장실 갈 시간도 내기 힘들던 입사 1년쯤 지난 어느 날, 황당한 사건이 일어나고 말았다. MBC 입사 지원서를 내도록 도와준 친구 K가 교통사고를 당해 저세상으로 떠난 것이다. 그가 찍어준 점대로 내 인생이 펼쳐졌건만, 나는 그를 위해 아무것도 하지 못했다. 그는 내 인생의 길을 안내해 주고, 그냥 홀연히 떠난 것이다.

그에게는 사랑하는 여자 친구가 있었다. 우리가 학교 도

서관에서 죽치고 있을 때, 그녀는 가끔 직접 김밥을 만들어 왔다. 차가운 잔디밭에 앉아서 컵라면에 김밥을 담가 먹으며, 나는 그녀를 '천사'라고 불러 줬다. 우리는 자주 웃고, 또 웃었다. 그 시간이 꿈결같이 지나고, 얼마 지나지 않아 그가 우리 곁을 영원히 떠나 버린 것이다. 그것도 결혼을 몇 달 앞두고 일어난 갑작스러운 사고였다.

영안실로 뛰어갔더니 천사가 한없이 울고 있었다. 나에게서도 통곡이 쏟아졌다. 그녀에게 단 한마디도 못 하고, 우리는 얼굴도 제대로 쳐다보지 못한 채 그저 울기만 했다. 그를 다른 세상으로 떠나보내는 동안에도 우리는 서로 한마디도 하지 못했다. 어떤 말로 위로가 가능하단 말인가.

내가 붙는 바람에 그가 MBC 입사 시험에 떨어진 것인지는 알 수 없다. 하지만 그때 친구가 나 대신 합격했다면 이런 비극은 없었을지도 모른다는 생각이 들자, 더욱 얼굴을 들 수 없었다. 그를 떠올리는 이 순간에도 눈앞이 흐려진다.

그의 죽음은 나로 하여금 높은 곳에서 낮은 곳으로 그냥 흘러가는 강물처럼 인생을 대충 보낼 수 없도록 만들었다. 그가 나를 방송의 길로 인도해 준 것이 어떤 운명적인 의미처럼 다가왔다.

그의 인생까지 대신 산다고 생각하면 더 의미 있는 프로그램을 만들어야 했고, 더 열심히 일해야 했다. 시간이 많이 지났지만, 아직도 그의 웃는 모습이 방금 본 사진처럼 선명하다. 생각해 보니, 대입 재수를 안 했으면 K를 만나지 못했을 것이고, 대학 이후의 지인들과 내 직업도 모두 바뀌었을 것이다.

인생이 내 뜻대로 전개될 것인가, 아니면 타인의 선택과 나의 선택이 마구 뒤섞이며 자꾸만 방향이 바뀔 것인가, 아니면 정해진 트랙을 도는 기차처럼 그냥 타의에 따라 정해진 종착역을 향해 달려갈 것인가. 청춘 시절에 나와 같은 고민을 해 보지 않은 사람은 별로 없을 것이다. 이 골치 아픈 질문에 자연스럽게 답을 찾을 수 있었던 건 다름 아닌 경험과 시간 덕분이었다.

다양한 경험이 쌓이고 연륜이 더해지니, 뿌옇던 실체들이 조금씩 선명하게 보이기 시작했다. 지나서 뒤돌아보니 지난 40년은 내가 20대 시절 가졌던 질문에 천천히 답을 찾아가는 과정이기도 했다. '나이가 든다는 게 이런 건가?'

비유하자면, 그건 마치 타임머신을 타고 미래에 다녀와서 "이렇더라"라고 이야기해 주는 것과 비슷한 느낌이다. 내가 지금 잠시 20대로 돌아간다면, 앞으로 살아갈 40년의 인생을 전혀 알지 못하는 나에게 "너 이렇게 살면, 앞으로 분명 이렇게 될 거야"라고 자신 있게 말해 줄 수 있을 것이고, 한 발 더 나아가 "그게 왜 그런가 하면…" 하고 그 이유까지 친절하게 설명해 줄 수 있을 테니 말이다.

아무튼 깊이 들여다볼수록 답과 멀어지는 불확실한 존재가 인생이라는 것만은 틀림없다. 지금부터 그 답을 찾으려 하기보다, 우선 과거로 여행을 하려 한다. 다른 이들도 유사하게 겪었을 나의 고뇌와 경험들을 접하다 보면, 어떤 대목에서는 독자들도 저마다 인생의 새로운 단면을 만날지도 모른다.

과거에 내가 만든 어느 한 점들이 영향을 주어
미래의 또 다른 점을 만들어 내고, 그 점들이 또 새끼를 쳐서
다른 점으로 이동하는 메커니즘은 초기 조건이 아주
미세하게 달라져도 결과가 완전히 달라지는
카오스 이론의 나비 효과와 유사하다고 할 수 있다.

3

인생의 터닝 포인트

배신인가 운명의 결단인가

누구나 살다 보면 크고 작은 결단의 순간들을 맞는다. 이 사건은 오늘의 나를 있게 한 결정적인 터닝 포인트라고 할 수 있다.

운 좋게 들어간 MBC는 당시 '우주에서 가장 좋은 직장'이라고 불릴 정도로 급여나 복지 제도가 국내 최상위에 속하는 꿈의 일터였다. 대한민국에 방송사가 두 곳밖에 없던 완벽한 독점 체제 시절이어서, 두 방송사 PD들이 제공하는 프로그램과 더빙한 외국 영화를 보는 것 외에, 시청자들에게 다른 선택권은 없었다.

당시 공채로 입사한 직원은 경력직으로 들어온 사람들과 다르게 신라 성골 같은 대접을 받았고, 미래가 탄탄대로처럼 보장되던 때였다. 그런 상황에서 입사 5년 차밖에 되지 않은 조연출인 내가 어느 날 갑자기 회사를 옮길 생각을 하게 된 것이다. 더구나 최고의 제작 환경을 떠나 제작 기반도 제대로 갖추지 못한 신생 민영 방송사로 옮기기로 결심하게 된 이유가, 아이러니하게도 가장 존경하던 L 선배가 술자리에서 무심결에 건넨 한마디 때문이었다는 사실이다. 공교롭게도 그분은 내가 이직할 시점에는 나의 소속 부서장이 되어, 오히려 나의 이직을 말리는 입장이 되었다.

후배들이 존경하고 따르던 L 선배는 1차를 마치고 술이 좀 부족한 듯하면 종종 집으로 후배들을 데려가곤 했다. 밤 12시가 넘어 집에 들이닥쳐도 형수님은 늘 반가운 얼굴로 맞아 주었다. 어느 날 L 선배 집에서 조연출 동료 두 명과 함께 2차를 하며 연거푸 하품을 하는 형수님을 고문하고 있던 차에, L 선배가 지나가는 말로 툭 던지듯 이렇게 말했다.

"이 세상에는 두 종류의 PD가 있는데 말이다. 하나는 자신이 기획한 프로그램을 만드는 놈이고, 다른 하나는 남이 만든 프로그램을 이어받아 만드는 놈인데, 자신의 머리로 기획한 프로를 만드는 놈이 진짜 PD지. 근데 진짜배기 PD는 이 세상에 아주 극소수란 말이야."

이 말을 듣는 순간 갑자기 술이 확 깨면서 머리가 맑아지고, 세상이 환해지는 느낌이 들었다.

‘그래, 바로 이거야. 앞으로 연출을 하게 되면 난 처음부터 내가 기획한 프로그램을 만드는 PD가 되고 말 거야.’

인생의 미래가 한순간에 정리되는 순간이었다. 대학시절 제일 좋아했던 작가 제임스 조이스•가 즐겨 쓰던 ‘에피파니’°라는 말이 떠올랐다.

술이 깬 다음 날부터 이 생각을 실천하기로 재삼재사 결심했지만, 당시 신분이 조연출이라 입봉하려면(방송국 내에서는 조연출에서 연출로 처음 데뷔하는 것을 ‘입봉’이라고 한다) 몇 년을 더 기다려야 했다. 더 큰 문제는 프로그램 배정도 입사 기수대로 이뤄지는 풍토여서, 신입 연출자는 아침 정보 프로그램을 보통 10년 가까이 연출해야 했다는 점이었다. 〈인간시대〉 같은 주간 단위 교양 프로그램이나 다큐멘터리는 나이가 마흔은 족히 넘어야 기회가 올 정도였으니까.

그런데 운명이 바뀌려 했는지, 민영 방송이 새로 허가를 받는 일이 생기고 말았다. 방송사가 KBS와 MBC 두 곳밖

• 제임스 조이스(James Joyce, 1882~1941): 아일랜드 출신의 소설가, 시인. 20세기 현대 문학의 혁명을 일으킨 인물로 평가받는다. 대표작으로《율리시스》,《더블린 사람들》,《젊은 예술가의 초상》등이 있다. 의식의 흐름 기법의 대가로 알려져 있다.

○ 에피파니(Epiphany): 갑작스러운 통찰이나 직관, 깨달음.

에 없으니 요즘처럼 새 프로그램을 결사적으로 기획하는 분위기가 아니었고, 기획하라고 요구하는 사람도 없었다. '꿈을 접어야 하나' 하던 차에 새로 민영 방송사가 생긴다는 소식이 들려온 것이다.

몇 달 지나지 않아 나를 스카우트하고 싶다는 접촉이 오기 시작했다. 앞서 이적한 선배 PD들도 조심스럽게 의사를 물어왔다.

앞으로도 몇 년을 남들이 만들어 놓은 틀 속에서 인생을 편하게 소비할 것인가, 아니면 변변한 녹화 스튜디오 하나 없는 신생 방송사에 가서 첫 작품부터 나의 기획으로 탄생한 프로그램을 연출하는 진짜 PD 인생을 시작할 것인가의 갈림길에 서게 된 것이다.

직장을 옮길 생각을 하니, 직속 상관으로 승진한 L 선배가 제일 걱정이었다.

'그동안 나를 엄청나게 예뻐해 주고 술도 많이 사줬는데, 어떻게 말하지? 아마도 난리가 날 텐데.'

차일피일 눈치만 보며 말을 못 하고 있는데, 갑자기 L 선배가 나를 불렀다.

"정훈아, 혹시 너 새로 생긴 데 가는 거 아니지? 그런 소문이 들려서 하는 말이야."

"그렇지 않아도 말씀드리려 했는데요, 죄송해서 말씀을⋯."

"야, 웃기는 소리 하지도 마. 그게 말이 되는 얘기냐. 네가 뭐가 부족해서 아무것도 갖춰진 게 없는 데 가서 생고생을 해. 그런 쓸데없는 생각 하지도 마라."

선배의 태도는 상상했던 것보다 훨씬 단호했다. 잠시 후 국장님의 호출까지 이어졌다.

"박 PD, 자네는 여기 있으면 내가 보기엔 사장할 사람인데, 거기는 주인이 있는 곳이라 올라가도 부사장밖에 더하겠나. 사람이 꿈이 커야지. 못 들은 걸로 할 테니 일이나 열심히 해."

조연출 한 명이 귀한 시절이라지만, 경쟁사에 뺏기지 않으려고 어린애한테 "사장할 사람"이라고, 요즘 표현으로 막 던지는 말에는 웃음이 나기도 했다. 그런데 그건 그렇고 두 사람의 거대한 벽을 넘기가 쉽지 않아 보였다. 특단의 결심이 필요했다.

집에 귀가해 아내에게 고민을 털어놓으며, 왜 직장을 옮기고 싶어 하는지를 열심히 설명했다. 생후 열 달도 안 된 딸의 육아에 전념하고 있던 아내는 예상외로 담담했다.

"자기가 알아서 해. 난 하자는 대로 할게. 얘기 들어보니 일리가 있고, 또 내가 말린다고 안 갈 사람도 아니고."

질질 끌 일이 아니었다. 다음 날 바로 행정반에 사표를 내고 부장님께 전달해 달라고 부탁하고는, 즉시 인천의 한 호텔로 가족을 데리고 피신했다. 당시에 이동통신 수단이 있었으면 그럴 필요까지는 없었겠지만, 분명히 L 선배가 집까지 찾아올 것 같았기 때문이다. 조연출 한 명이 다른 회사로 옮긴다는데 회사에서 무슨 난리인가 싶겠지만, 아니나 다를까 L 선배가 국장님과 함께 집에 찾아왔다가 연락도 안 되고 인기척도 없어 집 앞 구멍가게에서 하루 종일 기다리다 갔다는 말을 동료에게 전해 들었다. 죄송한 마음에 연락을 드릴까 하다 그만두기로 했다.

'내가 신의를 저버린 배신자인가?' 하는 생각에 한동안 괴롭기도 했지만, 당시 우주에서 가장 좋은 직장이라고 불리던 회사를 떠나 새로운 곳에 희망의 둥지를 틀게 되었다. 머릿속에는 온통 첫 연출작부터 내가 기획한 프로그램을 만드는 PD가 되어야겠다는 생각뿐이었다.

지금 와서 돌아보면, 나의 인생은 너무나 즉흥적이었다. 영화 〈기생충〉의 대사처럼 "계획이 없는 게 최고의 계획"인 양 살아온 듯하다. 다른 사람들도 이렇게 무계획적으로 사는지 모르겠지만, 난데없이 방송사 입사 원서를 가져다주며 같이 시험 치자고 조른 친구 덕분에 방송사에 들어갔고,

오밤중에 집에까지 데려가 자주 술을 주던 인생 최고의 선배가 무심결에 던진 말 한마디에 꽂혀 4년 반 동안 켜켜이 쌓인 선배, 동료들과의 인연을 정리하고 단숨에 직장을 옮긴 것이다.

'그때 결단을 내리지 않았다면 지금쯤 나는 어디서 무엇을 하고 있을까' 하는 생각을 가끔 하곤 한다. 나는 그때 MBC가 정권 교체기마다 내홍을 겪을 것이라는 사실도, 새 직장에서 사장이 될 줄도 상상조차 하지 못했다.

MBC PD라는 행운의 운명을 거스르고, 어떤 이끌림과 혈기만 믿고 과감하게 방향 전환을 했던 것은 분명한 사실이다. 그런데 그 동기를 만들어 준 사람은 내가 존경하는 선배였고, 그분은 오히려 나의 이적을 적극 말렸다는 점만 봐도 인생은 1차 방정식처럼 단순한 공식으로 이루어지는 것이 아니었다. 직장을 옮긴 후, 나 자신과의 약속대로 연출 첫 작품으로 〈사랑의 징검다리〉를 기획했다.

지상파 최초로 프라임타임인 저녁 7시에 정규 편성된 장애인 프로그램이었다. 소아마비에 걸려 평생을 남모를 역경 속에서 살았을 둘째 형을 떠올리다 기획했는데, 〈사랑의 징검다리〉를 잘 만들면 나를 방송사 연출자로 키워 주고 기회를 준 사회에 대한 작은 보답이 될 수도 있겠다고 생각했다. 방송이 나가자 상업 방송사의 탄생을 고깝게 생각하던 사람들로부터도 좋은 프로그램이라는 칭찬이 이어졌다. 그 이후에도 운이 좋아, 스스로 기획한 프로그램을 연출할 기회를 여러 번 가질 수 있었다.

자업자득

2005년 스티브 잡스가 스탠퍼드 대학교 졸업식장에서 "인생은 점(dot)에서 점으로 이어진다"라고 역설하는 인상적인 장면이 있다. 과거 내가 찍은 점, 즉 결정이나 경험들이 미래로 연결된다는 의미이다. 과거에 내가 만든 어느 한 점들이 영향을 주어 미래의 또 다른 점을 만들어 내고, 그 점들이 또 새끼를 쳐서 다른 점으로 이동하는 메커니즘은 초기 조건이 아주 미세하게 달라져도 결과가 완전히 달라지는 카오스 이론의 나비 효과와 유사하다고 할 수 있다. 미세한 차이가 전혀 다른 결과를 만들어 낸다는 이 개념은 과학적 증명을 위한 도구는 아니다. 내가 살아온 시간을 돌아보는 데 유독 잘 들어맞았을 뿐이다. 인생은 계산할 수 있는 방정식이 아니라, 지나서야 비로소 패턴이 보이는 이야기에 가까웠다.

그 당시에는 내가 찍은 과거의 점들이 미래의 어느 점들로 연결될지 알 수 없었지만, 지금 와서 돌아보면 과거의 점들이 어떻게 연결되었는지 정확히 알 수 있게 되었다. 한 사람의 과거를 돌아본다는 것은 인생의 전개 과정 전체를 한눈에 부감*할 수 있게 해준다는 것을 의미한다. 눈을 감고 코끼리를 더듬으면 전체 모습을 알 수 없지만, 눈을 뜨는 순간 '아!' 하고 한눈에 알게 되는 것과 같은 이치다. 마치 타임머신을 타고 여행하는 것처럼 신기하다.

점을 연결하면 직선이 되지만, 인생은 직선이 아닌 비선형°이라고 할 수 있다. 내가 노력하고 행동한 그대로 진행이 되는 것이 아니라, 수많은 외부 변수들이 영향을 주기 때문에 결과를 예측할 수 없다. 내 주변의 환경과 사람들, 근무지, 윗사람의 성향, 타이밍, 운 등이 개입해 나의 기대와는 다른 결과들을 만들어 낸다. 그래서 종종 열심히 해도 소용없다는 말이 나오게 되고, 엉뚱한 선택이 인생을 좌우하게 된다.

그러나 낙담할 필요는 없다. 나의 인생을 돌아보니 방향이 옳다면 시간이 지나면서 일정한 패턴을 보인다는 것, 그

---

* 부감(俯瞰): 높은 곳에서 아래를 굽어봄.
◦ 비선형: 직선 모양이 아닌 관계. 2차 방정식 이상의 곡선을 그린다.

리고 그 패턴이 그리는 굵은 곡선 중 하나가 나에게는 '자업자득'이라는 사자성어로 다가왔다. 그리고 이는 내 인생의 모토가 되었다.

몸을 쓰는 수양법

SBS로 옮기고 나서도 6년을 더 좀비처럼 굴러야 했다. 달콤한 휴식은 늘 꿈속에나 존재했고, 나에게는 집이 회사였고, 회사가 집이었으며, 편집실이 안방이던 전쟁 같은 시절이었다. 특히 〈그것이 알고 싶다〉를 연출하던 시절은 그야말로 사람 사는 모습이 아니었다. 지금은 8명의 PD가 돌아가며 8주에 한 번씩 방송을 하지만, 당시에는 4주에 한 번 방송을 했다. 인간의 한계를 뛰어넘는 스케줄이었다. 한 달에 보름 이상 귀가하지 못했고, 소재가 거칠다 보니 아내와 딸아이를 6개월 동안 지방에 피신시킨 적도 있었다. 조폭처럼 생긴 사람이 아이 유치원까지 찾아왔기 때문이다.

가족을 피신시키고 밤늦게 귀가할 때는 주차장에서 10분 정도 시동을 끄고 차에 앉아 있다가 수상한 기척이 없으면 내렸다. 복도식 아파트를 걸어 들어갈 때는 뒷목이 서늘해 자꾸 뒤를 돌아보곤 했다. 그래도 이 모든 것을 당연하게 받아들여야 하는 것으로 생각했고, 다른 것들에 신경 쓸 여유조차 없었다.

그런데 그 전쟁터에서 찍었던 여러 '점'들이 인생을 변화시키기 시작했다. 몸과 마음을 다해 스스로를 벼랑 끝으로 몰아가던 1996년 말, 호주 시드니로 연수를 가게 되는 행운을 얻게 된 것이다.

일에 파묻혀 지내느라 연수 지원을 받는 사실조차 몰랐는데, CP 선배가 구세주처럼 짠하고 나타나 마감이 지난 신청서를 대신 접수해 주었고, 심사위원들은 만장일치로 나의 해외 연수를 허락해 주었다. 연수를 갈 연차도 모자랐지만, 거의 쉼 없이 달려온 지난 세월을 인정해 준 것이다.

아내, 딸과 함께 집도 구해 놓지 않은 채 무작정 시드니로 떠날 정도로, 하루라도 빨리 한국을 탈출하고 싶었다. 제작하던 프로그램을 후배들에게 맡기고 떠나는 터라 양심에 찔려 출국 전 공항에서 대기하면서도 공중전화로 출연자 섭외를 했지만, 마음은 이미 콩밭에 가 있었다.

시드니에 도착해 대학 게스트하우스에 짐을 풀고 열흘간 머무르며 방 두 개짜리 월세 집을 구했다. 살던 나라를 탈출해 망명지에서 새 출발을 하는 심정이었다. 그런데 한두 달쯤 지나 어느 정도 새로운 생활에 익숙해지자 좀이 쑤시기 시작했다.

'개 버릇 남 못 준다더니.'

장기간 쉬어 본 기억이 없는지라 노는 것이 마치 죄를 짓는 일처럼 느껴졌다. 지금은 연차 휴가도 마음대로 쓰는 시대지만, PD 생활을 시작하고 10년이 넘도록 토요 휴무도 없었고, 일요일도 거의 쉬지 못했다. 연출자에게 휴가는 꿈에서나 가능한 호사였다. 소수정예를 표방한 회사 방침 덕분에 필수 인력마저 턱없이 부족했고, 일주일을 쉬기 위해 결혼한다는 농담을 할 정도로 PD가 2주 이상 쉰다는 것은 기대하기 힘든 시절이었다.

좀이 쑤셔 할 일을 만들겠다며 대학원에 등록해 학교를 다니다 보니, 집에 귀가하는 시간이 점점 늦어졌다. 외국에서의 학업이 얼마나 고통스러운 것인지 뼈저리게 알게 됐지만, 자존심상 후퇴할 수도 없었다. 게다가 회사에서 시키지도 않았는데 난데없이 6·25 특집을 만들겠다고 카메라며 촬영 장비를 구입하더니, 한국전에 참전하여 전사한 군인의 가족을 섭외하러 다니고, 가족들을 차에 태우고 캔버라의 호주국립대 교수들을 인터뷰하러 다녔다.

어느 정도 일이 진척되어 진행 과정을 CP한테 전화로 보고했더니,

"너는 연수 가서도 가만히 못 있냐. 누가 너보고 일하라

고 했냐? 야 인마, 그냥 좀 쉬어!"

라고 사무실에서 소리를 질러댔다. 오랜 기간 노예처럼 가스라이팅당하던 사람이 뭔가 하지 않으면 불안해지는, 그런 비슷한 증세가 아니었을까 싶다. 아무튼 당시 나는 좀처럼 쉰다는 것에 잘 적응되지 않았다. 그러던 어느 날 아내가 나를 조용히 불렀다.

"결혼하고 10년 동안 당신이 일 때문에 바쁘다고 생각해서 참았는데, 여기 와서도 늦게 들어오는 걸 보니 당신이라는 사람은 애초에 결혼을 하면 안 되는 사람이었어. 집에 돌아가서 이혼 서류 작성해서 보낼게. 당신은 혼자 사는 게 더 어울릴 것 같아."

하긴 그동안의 내 행동들은 객관적으로 봐도 이혼을 유도하는 생활이라 해도 과언이 아니었다. 나에게 결혼생활은 정말로 어울리지 않았다. 아내의 통보를 받고 멍하니 방을 나서는데, 자고 있는 줄 알았던 아이가 눈을 동그랗게 뜨고 옆방에서 방문을 열고 듣고 있었다. 표정 관리가 되지 않는 딸아이의 얼굴을 보는 순간, 갑자기 식은땀이 흘렀다. 잠자리에 누웠지만, 수심 가득한 딸아이의 얼굴이 계속 어른거렸다.

하루를 곰곰이 생각해 보니, 내가 해도 해도 너무했다는 사실만은 분명했다. 게다가 지금은 이혼이 필수라는 우스 갯소리도 있지만, 당시 사회 분위기만 해도 초등학교 1학년 아이에게 부모 중 한 명을 포기하고 한 명만 선택하게 한다는 건 생각할수록 못할 일이었다. 원인 제공자가 엉킨 실타래를 풀기로 작심했다. 다음 날 아내에게 전격적인 제안을 했다.

"호주에 있는 동안 앞으로 모든 가사일은 내가 전담할게. 학교도 계속 다니고, 아이 학교 통학과 숙제 챙기는 것도 내가 다 할게. 나는 한다면 하는 사람이야. 지켜보면 알게 될 거야."

아내가 코웃음을 쳤다. 웃기지도 말라며, 내가 또 속을 줄 아느냐고 어이없어했다.

"난 몸으로 때우는 건 하나도 힘들지 않아."

시드니에서의 생활은 나의 철저한 약속 이행으로 정상으로 회복되었다. 시키지도 않은 6·25 특집 제작을 포기하고, 대신 청소와 세탁, 장보기, 요리, 아이 통학과 숙제 돌보기, 학부모 모임 참석하기 등 모든 집안일을 학업과 병행했다.

하던 일을 중간에 중단할 명분도 없고, 나름 재미도 붙여 그날 이후 지금까지 29년째 이어오고 있다. 언제나 스스로 피곤함을 자초하는 자존심 덕분에 아내는 지금까지 재활용이나 음식물 쓰레기를 버려 본 적이 없는 호사(?)를 누리고 있다. 누구를 탓하랴, 자업자득인데. 이제는 집안일이 일상이 되어, 조금이라도 소홀히 하면 마음이 불편해진다.

인생은 직접 해 보지 않고는 알 수 없는 게 많다. 이론만 공부한 사람이 오랜 현장 경험자를 단기간에 따라잡을 수 없는 것과 같은 이치다. 집안일을 계속하다 보니 새로운 사실을 알게 되었다. 평소 머리를 쓰는 일만 하는 사람일수록, 몸을 쓰는 일도 병행해야 정신과 신체가 균형을 이룬다는 사실이다. 아무 생각 없이 몸 쓰는 일에 집중하다 보면, 어느 순간 좋은 아이디어가 떠오르는 경험도 하게 되어 일석이조가 아닐 수 없다. 전생에 머슴 출신이었는지, 산속에서 가부좌를 틀고 명상하는 것보다 일상에서 몸을 움직이며 일하는 것이 나에게는 더 어울리는 수양 방법이라는 사실도 몸으로 체득했다.

수많은 가능성의 중첩

삭막한 서울에서만 자라온 나의 가족에게 시드니 사람들의 삶은 너무나도 달라 보였다. 지금은 기후 변화로 인해 산불도 자주 나고, 이상기후로 매년 고통을 겪고 있지만, 당시만 해도 그야말로 천국이 따로 없다고 느껴질 정도였다. 꽃향기 가득한 아침 공기를 폐 깊이 채워 넣으며 조깅할 때도, 집 근처 레인 코브 공원에서 이웃들과 석양을 바라보며 맥주 한 잔을 마실 때도 '천국이 과연 이곳보다 좋을까?' 하는 생각이 절로 났다. 매일 싸우는 정치꾼도, 강력 범죄도 거의 없어 뉴스나 시사 고발 프로그램들이 별 재미가 없는 그런 나라였다.

어느 날에는 한국에서 시드니로 여행 온 네 명의 남자가 주택가에서 절도를 하다 잡혔다는 기사가 〈시드니 모닝 헤럴드〉 1면에 대문짝만하게 사진과 함께 실릴 정도였다. 심지어 이런 일도 일어나는 나라였다. 장래가 촉망되던 젊은 국회의원 A가 출장비 계산을 잘못해 상대 당으로부터 공격을 받았다. 호주는 연방제 국가이자 의원내각제를 채택하고 있어 캔버라에 있는 의사당으로 출장이 잦은 의원들이 많은데, A 의원 역시 시도 때도 없이 출장을 다니다 보니 보좌관의 착오로 우리 돈으로 약 200만 원가량 구멍이 난 것이다. 의사당에서 공개 비난을 받은 A 의원은 그날 치욕을 견디지 못하고 극단적인 선택을 시도했다.

천만다행이었던 것은, 공개 비난을 가했던 상대 당 의원이 자신이 지나쳤다고 느껴 위로 차 전화를 걸었다가 받지 않자, 불길한 예감에 직접 그의 집까지 찾아갔다는 사실이다. 다행히 아직 숨이 붙어 있던 A 의원은 목숨을 건졌지만, 이후 정계 은퇴를 선언했다. 우리나라였다면 사소한 일로 치부되었을 법한 일에 극단적 선택도 마다하지 않은 A 의원의 자존심도 놀랍지만, 상대에게 모욕을 주었다는 이유로 집까지 찾아가 결국 생명을 살려낸 상대 당 의원 역시 존경받을 만하다고 생각한다.

이처럼 나름 상식적인 정치와 아름다운 환경이 어우러진 시드니에서의 생활은, 뒤늦은 대학원 공부의 어려움을 제외하면 내 인생 최고의 아름다운 시절이었다. 귀국 후 다큐멘터리를 제작하는 데에도 많은 영감을 받았다. 한국으로 돌아와 다음 해 다큐멘터리 〈생명의 기적〉을 기획하게 된 것도, 따지고 보면 호주에서의 대오각성 덕분이다.

지금 와서 생각해 보면, 내가 좋은 직장을 버리고 회사를 옮겼던 일이나, 연차를 건너뛰어 시드니로 연수를 갈 수 있었던 일은 모두 일어날 확률이 매우 낮았다. 그런데 돌아보면 두 사건은 서로 긴밀하게 연결되어 있다. 회사를 옮기면서 남다른 각오를 하게 되었고, 그렇게 더 노력한 점을 인정받아 그 시기에 시드니 연수를 갈 수 있었으며, 거기에서 다시 인생작들의 영감을 얻을 수 있었다. 그리고 지금까지 이어지고 있는 집안일을 열심히 하는 삶까지, 이 모든 상황들이 '점'으로 연결되어 있다.

　우리의 인생은 단 하나의 정해진 미래나 확정된 길을 따르는 것이 아니었다. 수많은 잠재적 가능성이 동시에 존재하는 중첩된 상태로 존재하다가 터닝 포인트를 맞게 되면 결정적 상황 변화가 일어난다. 결과적으로 시드니는 내 인생의 여러 가지 변화를 가져다준 터닝 포인트였다. 그 시절을 추억할 때마다 그저 신기하고 기분이 좋아진다. 무엇이 어떻게 바뀌었는지 조금 더 들어가 보겠다.

인생은 계산할 수 있는 방정식이 아니라
지나서야 비로소 패턴이 보이는 이야기에 가까웠다.
나의 인생을 돌아보니 방향이 옳다면
시간이 지나면서 일정한 패턴을 보인다는 것,
그리고 그 패턴이 그리는 굵은 곡선 중 하나가
나에게는 '자업자득'이라는 사자성어로 다가왔다.

박정훈의 출생 확률 $≒ \dfrac{1}{1,579경7,780조}$

'박정훈'이라는 지구상에 둘도 없는 특정 생명체가
출생할 확률은 그야말로 거의
불가능에 가깝다고 할 수 있다.

4

태평양을 건너는 거북이 등에
낙엽이 떨어질 확률

낙태 실패와 나비 효과

1990년, 딸아이를 출산하는 과정에서 있었던 일이다. 아이가 출산 예정일이 지나도 세상으로 나올 기미가 보이지 않자, 당시 제작하던 프로그램의 편집 스케줄에 맞춰 편집 없는 날에 아이를 제왕절개로 낳자고 아내에게 제안했다.

허리가 편치 않던 아내도 이 의견을 특별히 반대하지 않았는데, 그럴 수 있었던 건 당시 제왕절개로 아이를 낳는 것이 유행처럼 번지고 있었기 때문이다. 심지어 제왕절개로 아이를 낳아야 출산 과정에서 스트레스를 덜 받아 아이의 머리가 좋다는 얘기까지 과학적 정설처럼 떠돌던 시절이었고, 강남의 있는 집 아이들은 거의 제왕절개로 태어난다는 소문까지 회자되고 있었다.

딸아이는 내가 정한 날짜에 태어났고, 병원 측에서는 산모가 수술 후 항생제를 복용한다는 이유로 모유 수유 대신 분유를 권했다. 아이는 이유를 알 수 없었지만 태어나서부터, 그리고 초등학교에 들어가서도 아토피를 달고 살았다.

자연 친화적인 라이프스타일이 일상화된 시드니에서 살게 되면서, 내가 아이에게 무슨 잘못을 저질렀는가를 뼈저리게 느끼게 되었다. 시드니의 좋은 공기를 마시며 친환경 음식을 접하자, 아이의 아토피는 씻은 듯이 치유되었다. 귀국 후, 나의 실수를 시청자들이 반복하지 않도록 해야겠다는 마음으로 〈생명의 기적〉이라는 프로그램을 기획하기 시작했다. 그리고 그 기획의 저변에는 이런 사연이 있었다.

나의 부모님은 1·4 후퇴 때 부모님과 친척 대부분을 북에 남겨두고 부산으로 내려왔다. 전쟁 통이라 모든 것이 힘들고 부족하던 시절이었지만, 전시 상황이 안정되자 우연히 소개팅을 하게 되었고, 어머니와 아버지는 첫눈에 반해 결혼했다.

먹을 것도 부족하고 직업도 변변치 않던 가난한 시절이었지만, 당시에는 결혼하면 당연히 곧 아이를 낳는 것으로 알았고, 그것도 생기는 대로 많이 낳았다. 전쟁으로 희생된 사람들을 보충하려면 자식들을 많이 낳아야 한다는 분위기였다. 보통 한집에 아이들이 네 명에서 여섯 명은 족히 되었다. 어머니도 내 위로 아들, 딸, 아들 순서대로 낳았는데, 어려운 형편이었지만 큰 문제없이 지냈다고 한다.

그런데 둘째 아들을 낳고 얼마 지나지 않아 청천벽력 같은 일이 벌어졌다. 어느 날 기저귀를 갈려고 두 다리를 들어 올렸다가 내려놓는데, 어제까지만 해도 양발을 힘차게 찼던 아이의 오른발이 갑자기 아래로 툭 떨어진 것이다. 어머니의 심장이 순간 천 길 낭떠러지로 내려앉았다고 한다. 아이가 당시 유행하던 소아마비에 걸린 것이었다. 어머니 인생에서 가장 큰 충격을 받은 사건이었다.

어머니는 정신없이 이 병원, 저 병원을 전전하면서 아들의 치료에 몰두했지만, 한 번 걸리면 치료가 거의 불가능한 소아마비가 차도가 있을 리 없었다. 낙담한 어머니는 이제 더 이상 아이는 낳지 않겠다고 결심했다. 그런데 북한에 있을 때 씨름판에서 소를 탔을 정도로 힘이 장사였던 아버지는 어머니를 끔찍이 사랑했던 것 같다.

어머니가 칠순이 되기 2년 전쯤 나를 조용히 부르더니 나의 출생에 관한 이야기를 들려주었다. 당시의 충격이 커서인지, 지금도 어제 들은 것처럼 선명하다.

"둘째가 아프고 나서, 네 위로 두 명이나 아이를 지우는 한약을 먹고, 먼저 하늘나라로 보냈지. 살기가 정말 힘들었거든."

두 명의 내 형 혹은 누나가 약의 독성을 견디지 못해 세상 빛을 보지 못하고, 저세상으로 갔다는 이야기였다. 그 시절은 피임 도구나 피임약이 대중적으로 사용되던 시기도 아니었고, 지금은 대중화된 산부인과 초음파 장비도 1980년대에나 도입된 터라 모든 것이 민간요법과 어르신들의 경험담에 의존해 진단과 처치를 했던 모양이다.

사실 이 이야기는 당시 내게 큰 충격이었는데, 어머니가 당황해서 말을 끊을까 봐 대수롭지 않다는 표정으로 조심스럽게 궁금한 걸 물었다.

"그럼 나는 어떻게 태어났어요?"

어머니의 당시 상황은 이해할 수 있을 것 같다. 전쟁 통에 부모님도 먼 고향에 계신 채 홀로 남쪽으로 내려와 친척들의 도움을 받아 결혼은 했지만, 가정 형편도 어려운데 20대 후반의 어린 나이에 아이 셋에다 한 명은 소아마비라니. 병든 아이를 업고 눈물로 고군분투하던 어머니의 모습이 생생하게 떠오르는 듯했다. 어머니는 담담하게 이야기를 이어갔다.

“그때는 도저히 아이 넷을 키울 형편이 못 되었으니까. 그래서 어쩔 수 없이 그전에 먹었던 그 독한 약을 또 먹었는데, 글쎄 애가 떨어지지가 않더구나.”

태연한 척 듣고 있었지만, 표정 관리가 잘되지 않았다. 생활고 때문에 아이를 낙태해야 했던 어머니의 마음이 오죽했으랴마는, 내가 어머니 손에 죽을 수도 있었다는 생각이 들자 인상이 저절로 찡그려졌다.

“그래서 할 수 없이 애를 낳을 수밖에 없었단다. 그 아이가 바로 너야.”

요즘 말로 ‘헐’이라는 반응이 딱 어울리는 말이었지만, 당시에는 마땅한 표현이 떠오르지 않아 어머니 얼굴만 멀뚱히 바라보았다. 내가 어머니가 정말 원하지 않았던 임신으로 태어났다는 이야기였다. 어머니는 이왕 내친김에라 생각했는지, 손을 배에 올려 가며 당시 상황을 아주 리얼하게 묘사까지 했다. 배가 어찌나 불렀던지 아이를 셋 낳아본 어머니가 봐도 이전과는 배 사이즈가 확연히 차이가 났던 모양인데, 동네 할머니들은 어머니 배를 보더니 이건 분명히 쌍둥이 배라며 큰일 났다고 겁까지 주더라는 것이었다.

쌍둥이면 어쩌나, 혹시 약 때문에 잘못된 건 아닐까 하는 걱정으로 한숨의 나날을 보내다가, 막상 아기를 낳는 순간 어머니의 고민이 한순간에 사라졌다고 했다. 몸무게가 4.5킬로나 되는 떡두꺼비 같은 사내놈이 힘차게 울어 젖히는 모습을 보고, 고통은 싹 가시고 '이놈 뗐으면 어쩔 뻔했나' 싶어 얼마나 울었는지 모른다고 어머니는 눈시울을 붉혔다.

"내가 참 철이 없던 시절이야. 아무튼 넌 그렇게 태어났어."

나의 눈도 어느새 촉촉이 젖어들고 있었다.

생명에 대한 경외

어머니가 담담하게 들려준 나의 출생의 비밀은, 당시에는 어이없기도 하고 신기하기도 해 어머니가 무안해할까 봐 일부러 웃기까지 하며 들었다. 그런데 시간이 갈수록 자꾸 생각이 났고, 생각할 때마다 복잡한 감정이 밀려왔다.

'나 태어나기 전에 유명을 달리한 두 명과 나는 어떤 차이가 있고, 나는 왜 살아났을까.'

'왜 나한테는 낙태약이 통하지 않았을까.'

'나는 왜 태어났지?'

'내 앞에서 저승으로 간 두 아이는 어떤 존재였고, 그 약을 먹고도 살아난 나는 뭐지? 이 모든 게 우연인가, 아니면 정해져 있는 운명인가.'

잊고 있던 과거의 고민이 또다시 발동하기 시작했다.

'그때 만약 어머니의 낙태약이 통했다면, 나는 이 세상에 당연히 없는 존재다. 내가 없다는 건 나에게는 이 세상이, 이 우주가 존재하지 않는 것과 같다.'

대개 생명의 탄생 확률을 수학적으로까지 따져보는 일은 거의 없다. 아이를 낳아도 "참 어렵게 가진 아이다", "힘들게 낳았다", 혹은 "운이 좋아서 시험관 시도 두 번 만에 성공했다" 정도의 이야기를 할 뿐이다. 이때 말하는 '아이의 탄생'은 특정한 아무개가 아니라 그냥 태어난 아이를 말한다.

결혼한 부부가 아이를 출산할 확률은 그다지 어렵지 않다고 할 수 있지만, 질문을 '이순신 장군이 태어날 확률은?' 하고 바꾸는 순간 이야기는 완전히 달라진다. 그렇게 따지는 게 말이 되느냐고 할 수도 있겠지만, '나'와 '너', 그리고 '그'는 모두 이 세상에 유일한 존재이고, 그 존재의 탄생은 단순한 우연만은 아닐 거라는 생각을 하게 되자, '나라는 존재'의 가능성을 확률로 따져 보게 되었다.

나의 부모가 아이를 낳을 확률이 아니라 '박정훈'이라는 특정한 인간이 태어날 확률인데, 아래의 사건들이 연속적으로 모두 일어나야 내가 태어날 수 있다.

* 1952년 당시 세계 인구는 약 25억 명. 이 중에 나의 부
  모님이 만나서 결혼할 확률
* 부모 모두가 임신이 가능할 확률
* 한 남자가 일생 동안 평균 3,000번의 사정을 한다고 하
  고, 한 번 사정할 때 2~3억 개의 정자를 방출하며, 여성
  은 일생 동안 약 400개의 난자를 배란함
* 어느 특정한 시기에 특정한 정자 한 개(나의 절반)와 특
  정한 난자 한 개(나의 절반)가 만나 수정될 확률
* 수정에 성공한 수정란이 자궁벽에 착상해 출산에 성공
  할 확률 약 20퍼센트

이 모든 경우의 수가 연속적으로 맞아떨어져야 하므로,
확률은 각 단계 확률의 덧셈이 아니라 곱셈이다. 여기까지
의 이야기는 평소 갖고 있던 궁금증에 〈생명의 기적〉 제작
을 앞두고 자료도 찾아보고, 전문가의 의견도 종합해서 정
리한 생각이다.

그동안 실제 계산은 못 해 봤는데, 이 글을 쓰면서 AI를
이용해 보기로 했다. 용하다는 낙태약의 실패 확률까지는
고려하지 않더라도 위 조건을 반영해 AI 두 곳에 답을 요구
했더니, 보수적으로 판단한 쪽에서 이런 수치가 나왔다.

$$\text{박정훈의 출생 확률} \risingdotseq \frac{1}{1{,}579경7{,}780조}$$

즉 0.0000000000000000000633이다. 소수점 뒤에 0이 19개이고, 그 다음에 633이다. 거의 0에 수렴하는 숫자다. 물론 이 결과는 정확한 수치라기보다 이 일이 얼마나 드물고 기적 같은 사건인지를 상징적으로 보여 주는 숫자에 가깝다. 결론적으로 '박정훈'이라는 지구상에 둘도 없는 특정 생명체가 출생할 확률은 그야말로 거의 불가능에 가깝다고 할 수 있다. 비유하자면, 태평양을 건너고 있는 거북이 등에 낙엽이 떨어질 확률과 비슷한 수준이다.

이렇게 내가 깨달은 생명 탄생의 놀라운 비밀은, 우리가 일상에서 만나는 한 사람 한 사람이 얼마나 소중한 존재인지를 새삼 각성하게 만들었다. 이런 생각을 하게 되니, 다소 비상식적인 언행을 하는 사람을 만나도 '그 어려운 확률을 뚫고 태어난 소중한 사람인데'라고 생각하면서 덜 미워지는 부수 효과도 생긴다.

현재 지구상의 80억 인구가 각자 이런 어려운 확률을 뚫고 태어나 저마다 다양한 이름을 갖고 살아가고 있다. 나는 내가 산술적으로 80억분의 1로 태어났다거나, 한국의 신혼부부가 아이를 낳을 확률로 태어났다고 생각하고 싶지 않다. 세상 그 누구도 똑같은 사람은 없으며, 일란성 쌍둥이도 개성이 다르고, 성장 속도나 얼굴 형태가 조금씩 다르다. 가장 최근의 연구 결과는 일란성 쌍둥이도 유전자가 100퍼센트 같지 않다고 한다. 자궁 내 환경, 세포 분열 과정에서 자연적인 돌연변이가 천문학적 확률을 뚫고 만들어지기 때문이다.

이렇게 모두가 희귀하고 존귀한 존재인데, 인간은 왜 서로를 못 잡아먹어 안달할까. 왜 이 작은 나라에서 편을 갈라 서로를 비난하며 살아야 할까. 왜 종교와 신념이 다르다는 이유로 전쟁을 할까. 그 이유를 정확히 아는 사람은 없겠지만, 인간의 동물적 잔인성과 이기주의, 탐욕, 과시욕, 무지가 DNA에 각인된 채 대를 이어가며 뒤섞이고, 증폭되면서 이런 세상이 된 것 같다.

언젠가 모두가 큰 상처를 입고 나서야 얼마나 어리석었는지 돌아보게 될지도 모른다. 비극이 벌어지기 전에, 칼자루를 쥔 자들이 어려운 확률을 뚫고 태어난 생명의 존엄성을 새롭게 인식하기를 바라는 건 너무 순진한 기대일까.

이렇게 내가 깨달은 생명 탄생의 놀라운 비밀은
우리가 일상에서 만나는 한 사람 한 사람이
얼마나 소중한 존재인지를 새삼 각성하게 만들었다.
이런 생각을 하게 되니
다소 비상식적인 언행을 하는 사람을 만나도
'그 어려운 확률을 뚫고 태어난 소중한 사람인데'라고
생각하면서 덜 미워지는 부수 효과도 생긴다.

인생의 좋은 운을 기대한다면 혼자 뛰거나
혼자서 소원한다고 되는 것이 아니다.
함께 일하는 사람들의 진심 어린 염원이 합쳐져야
우주의 기운도 움직일 수 있다는 것을 빨리 눈치채야 한다.
이것이 성공 확률을 높이는 나의 '시크릿'이다.

5

'생명의 기적'이 기적이 된 이유

불평하지 않을 때 생기는 일들

1998년은 다가오는 밀레니엄에 대한 기대와 우려로 전 세계가 들떠 있던 시기였다. 일각에서는 컴퓨터가 '2'라는 숫자를 인식하지 못해 소위 'Y2K 밀레니엄 버그'로 인해 컴퓨터 망이 붕괴되고, 대재앙이 온다거나, 드디어 인류의 종말이 임박했다며 혹세무민하던 사람들도 적지 않았다.

세계 곳곳에서는 실제로 사이비 종교 집단들이 순진한 신도들에게 종말 예언이 실현될 것이라며 집단 가출을 종용했고, 뉴스에서는 종말이 오지 않으면 이들이 집단 순교를 할 것이라는 흉흉한 이야기들로 연일 세계가 혼란스러웠다. 이를 진정시키기 위해 1998년 4월에는 교황 요한 바오로 2세가 직접 나서 세기말 지구의 종말이 온다는 예언은 잘못된 것이라고 공식 부인하기도 했다.

이런 분위기 속에서 나는 1999년 초에 SBS의 2000년 신년특집으로 〈생명의 기적〉이라는 3부작 다큐멘터리를 만들기로 최종 결심했다. 21세기라고 모두가 첨단을 외치던 시기에, 오히려 아이의 탄생에서 우리가 놓치고 있던 휴머니즘을 다시 복원하겠다는 역발상을 한 것이다. 나의 계획에 회사 간부들은 몹시 못마땅해했다.

편성과 제작을 책임진 분들은, 밀레니엄 특집이면 좀 거창하게 당시 유행하던 복제 인간을 주제로 하거나, 미래 지향적인 주제를 담아야지 늘 보던 아이 낳는 모습을 보여 줘서 무슨 감동이 있겠느냐며 반대했다.

결국 끝까지 고집을 피우는 나를 포기시키기 위해, 당시 제작본부장님은 교양국 부장급 간부 전원을 소집해 그 자리에서 내가 프레젠테이션을 하면, 간부들의 의견을 듣고서 자신이 최종 판단하겠다고 통보했다. 나는 프레젠테이션 전날까지 회의에 참석할 선배들을 일일이 소문 안 나게 찾아다니며 사전 설명을 했다. 비유하자면, 국회에 체포동의안이 오기 전에 당사자가 동료 의원들을 찾아다니며 이해를 구하는 것과 비슷한 상황이었다.

회의에 참석한 선배들은 나의 바람대로 모두 나의 기획안을 지지해 주었다. 간부들의 우호적인 분위기에 제작본부장님은 잠시 고민하더니 "마, 너 알아서 맘대로 해라" 하며 쿨하게 허락해 주었다. 제작 전체를 내가 직접 6mm 카메라로 촬영하기로 마음먹고, 용산전자상가에서 PD-100이라는 소니사의 6mm 카메라를 구입해 촬영 연습에 돌입했다.

내부 정규직 조연출이 부족해 방송 아카데미를 나온 VJ를 섭외해 세컨드 카메라맨을 겸하게 했다. 인터뷰에 사용할 조명 기구도 구입해 PD가 카메라와 조명을 겸하면서 최소한의 4인 다큐 제작팀(연출, 조연출 겸 VJ, 작가, 보조 작가)을 구성했다. 장기 다큐멘터리를 제작하면서 핵심 요소인 카메라팀과 조명팀을 제외시킨 것이다.

아마 지상파 방송사의 장기 다큐멘터리를 6mm 소형 가정용 카메라로 PD가 직접 전체를 촬영한 최초의 사례일 것이다. 이런 발상을 했던 것은 회사 의사 결정 라인의 주요 간부들 모두가 반대하는 프로그램을 만들다 보니 제작비를 터무니없이 적게 책정해 준 것이 첫 번째 이유였고, 아기가 제작진이 원하는 시간에 맞춰서 태어나 주는 게 아니었기 때문이다.

장시간 출산 과정을 기다리며 과도한 노동에 시달릴 스태프들의 눈치를 보면서까지 일하기엔 무리라고 판단해, 내가 직접 몸으로 때우기로 결심한 것이다.

터무니없이 적은 작가료를 감수하면서도 물불 안 가리는 섭외력을 보여준 이혜진 작가님, 그리고 보조 작가, 조연출의 협조와 헌신이 없었다면 제작 자체가 불가능한 상황이었다. 촬영 차량을 배차할 제작비도 모자라 조연출과 번갈아 운전하며 국내 촬영을 다녔다. 미국 촬영은 조연출 출장비도 모자라 나 혼자 카메라 두 대와 조명 장비를 들고 현지 교포 대학생의 안내를 받으며 밤새 취재를 이어갔다. 지상파 방송사에서는 과거에도, 지금도 있을 수 없는 최악의 제작 환경이었지만, 제작 기간 내내 단 한 번도 불평하지 않았다. 당시엔 헝그리 정신도 충만해 실제로 하나도 힘든 줄 몰랐다.

다큐멘터리 〈생명의 기적〉 3부작은 이렇게 시작되었고, 8개월의 제작 기간을 거쳐 방송 사상 최초로 뮤지컬 배우 최정원 씨가 딸을 수중 분만으로 출산하는 과정이 마치 실시간 생방송처럼 전국에 방송되었다. 그때 태어난 딸은 훗날 가수가 되었다. 세계 각지의 다양한 인종이 아이를 낳는 과정을 밀착 취재했는데, 예상했던 대로 출산 과정을 촬영한다는 것은 크게 숨 쉬기조차 힘든 고행의 연속이었다.

과정이야 어찌 되었든 결과가 좋으면 힘든 과거도 다 아름다운 추억으로 남는 법이다. 방송은 그야말로 대박을 쳤다. 지금의 시청 환경과는 많이 다르지만, 시청률이 30퍼센트를 넘어섰다. 다큐멘터리 시청률로는 지금까지도 없는 기록일 것이다. 무엇보다도 나를 기쁘게 했던 건 가파르게 치솟던 제왕절개에 대한 사회적 인식이 바뀌는 계기가 되었다는 점이다. 방송 이후부터는 권위적이었던 분만실이 개방되어 가족이 분만 과정에 함께할 수 있게 되었고, 아빠가 산모 옆에서 탯줄을 자를 수 있게 되었다. 눈치 빠른 병원 경영자들은 산모가 분만 방식을 선택할 수 있도록 병원의 출산 환경을 재빠르게 변화시켰다. 다큐멘터리 하나가 사회 전반에 어떤 영향을 줄 수 있는지 보여 준 상징적인 사건이었다.

이 프로그램이 열악한 제작 환경과 내부의 반대를 무릅쓰고 크게 성공할 수 있었던 것은 역설적으로 성공 확률이 낮았기 때문이었다. 성공 확률이 낮아 보이는 일일수록 성공했을 경우 만들어 내는 변화의 크기는 훨씬 커질 수 있다. 성공 확률이 높아 보이는 일은 다른 사람들의 손을 타서 희소성이 떨어질 뿐만 아니라, 이미 레드오션[•]이 되어 있어 치열한 경쟁을 해야 하는 시장이기에 큰 성공을 기대하기 어렵다.

• 레드오션: 이미 수많은 경쟁자가 진입해 있어 승산이 낮고 치열한 경쟁이 펼쳐지는 시장

에디슨의 실용적인 전구 발명도, 스티브 잡스의 터치스크린 기반 스마트폰 혁신도 성공 가능성이 낮아 접근하는 이가 거의 없었기에 큰 성공으로 이어진 것이다. 노벨상을 받은 과학자들도 남들이 불가능하다고 여기는 분야에 도전장을 던진 사람들이다. 콘텐츠를 만드는 일도 마찬가지인데, 시도하지 않았던 새로운 형식의 콘텐츠를 만들면 실패 확률이 높지만, 일단 성공하면 더 큰 결과를 만들어 내게 된다. SBS에서 월화수목 밤에 연속 편성을 시도한 〈모래시계〉가 그랬고, 최근 〈오징어 게임〉과 〈케이팝 데몬 헌터스〉가 세계적인 히트를 기록한 것도 성공의 공식은 유사하다. 〈생명의 기적〉이 찍은 점은 이후 다큐멘터리 〈잘 먹고 잘사는 법〉과 다큐멘터리 〈환경의 역습〉으로 이어졌다.

인체 실험 결과가 만든 기적

〈생명의 기적〉의 여운이 가시기도 전에 다음 작품을 구상해야 했다. 그러던 중 어느 날, 생뚱맞게도 '혹시 잘 먹고 잘사는 방법이라는 게 실제로 있을까'라는 생각을 하게 되었다. 한 번 필이 꽂히면 헤어나지 못하는 성격도 한몫 거들었다. 보통 사람들의 일반적인 바람이 "잘~ 먹고" 그래서 "잘~ 사는" 것이니, 그 방법을 시청자들에게 알려줄 수만 있다면 PD 인생에서 그보다 보람된 일은 없을 것 같다는 다소 1차원적인 발상이었다. 진시황이 불로초를 찾듯이, 먼저 잘 먹는 것이 무엇인지부터 알아야 했다.

서점에 가서 식생활에 관한 책을 쓸어 담는 것으로 첫발을 뗐다. 내가 지금까지 얼마나 마구잡이로 먹고 살아왔는지를 깨닫는 데는 그리 오랜 시간이 걸리지 않았다. 내친김에 내 가족을 데리고 시드니에서 휴가 겸 열흘간 인체 실험을 하기로 마음먹었다. 짧은 기간이지만 여러 책에 일주일만 해도 효과가 있다고 분명히 쓰여 있었다.

이전에 시드니 연수 기간에도 친환경 음식을 접하긴 했지만, 이번에는 철저히 친환경 음식으로 식사를 했다. 당시만 해도 우리나라는 친환경 음식이라는 개념 자체가 대중화되기 이전이었다. 우리 가족이 좋아하던 햄버거나 피자, 콜라, 육류 위주의 식사를 포기하고, 그동안 거들떠보지도 않던 유기농 채소와 통곡물 위주로 적당한 생선과 소량의 육류를 곁들인, 요즘 내가 실천하고 있는 일상의 식사 같은 것을 시작했다. 유기농 생식도 처음 먹어보는 두유라는 것에 타서 먹어보았다. 외국까지 여행 와서 무슨 극기 훈련을 하느냐는 아내와 딸의 불만의 눈초리를 달래가며 실험을 지속했다. 그랬더니 곧 눈에 띄는 변화가 오기 시작했다.

가장 먼저 온 것은 대장이었다. 화장실에서 늘 고통을 주던 변이 완전히 달라진 것이다. 두 번째는 위장이었다. 소화를 잘 시켜 주어 식사 후 더부룩한 느낌이 사라졌다. 세 번째는 피부였다. 얼굴색이 맑아지며 눈에 띄게 피부 톤이 달라졌다.

'어, 이게 되네?'

짧은 기간이었지만 1차 가족 대상 인체 실험은 기대 이상으로 나름 성공적이었다. 귀국하여 본격적으로 먹는 것에 대해 공부를 시작했다. 꾸준히 지속하지는 못했지만, 중간중간 인체 실험도 병행했다. 새로운 세상이 전개되고 있었다. 내가 이렇게 먹고 살았다니….

다큐멘터리 제목도 〈잘 먹고 잘사는 법〉이라는 다소 원초적인 느낌이 나도록 지었다. 〈생명의 기적〉의 성공 덕분인지 회사 내에서 나의 기획에 아무도 반대하지 않았다. 운이 좋아 PD보다 더 열심히 일하며 객관적인 시각을 놓지 않는 류혜린 작가님을 섭외할 수 있었고, 〈생명의 기적〉처럼 연출과 조연출이 촬영도 직접 하는 단출한 제작팀을 구성해 본격적인 조사와 취재를 시작했다. 당시만 해도 영양 전문가는 칼로리 위주의 식단 평가를 주로 했고, 의료진 역시 먹는 것에 대해 그다지 관심이 없던 시절이었다.

나는 재야의 고수들부터 찾아다니기 시작했다. 그동안 아무도 자신들의 목소리에 귀 기울여 주지 않았는데, 공중파 방송사 PD가 관심을 보이자 모두들 적극적으로 도와주었다.

이렇게 가족 인체 실험을 통해 기획하게 된 다큐멘터리 〈잘 먹고 잘사는 법〉은 여러 출연자들이 장기간의 인체 실험을 기꺼이 감수해 주었고, Before와 After를 확실히 보여 주는 실증적인 제작을 할 수 있었다. 방송 후 시청자들의 반응은 가히 폭발적이라는 말이 무색할 정도였다.

가장 반가웠던 건 그동안 음지에서 친환경 야채와 친환경 곡식을 묵묵히 재배해 오던 농민들이 기를 펴고 살 수 있게 된 점이었다. 전국의 친환경 음식이 순식간에 동이 났고, 이 분야 산업이 갑자기 블루오션[•]으로 떠오르기 시작했다. 한편으로는 우리나라 소비자들의 극단적인 쏠림 성향을 반영하듯 일순간에 고기와 우유 소비량이 급감하는 부작용도 있었지만, 얼마 지나지 않아 서서히 회복되었다. 어떤 것도 과유불급이라는 메시지를 분명히 전했지만, 결과

• 블루오션: 경쟁자가 없는 새로운 미개척 시장

적으로 피해를 준 것에 대해 지금까지도 죄송한 마음이다.

불길한 예측이 맞을 확률

〈잘 먹고 잘사는 법〉이 큰 반향을 일으키자, 내친김에 '환경'이라는 단어를 제목에 과감히 붙이는 모험을 했다. 제목에 '환경'을 붙인다는 것은 시청률을 포기하는 것과 같은 뜻으로 읽힐 정도로, 당시 PD들 사이에서는 금기어와 같았다. 그런데 내가 주목하는 환경은 기존의 다큐멘터리가 주로 다루던 '자연 환경'보다는 우리가 살아가는 '일상적 환경'이다. 생활 속에서 직접 경험한 문제들을 시청자 입장에서 쉽게 풀어내는 것이 내가 좋아하는 기획 스타일이다.

〈생명의 기적〉과 〈잘 먹고 잘사는 법〉도 아이를 낳고, 먹고 살다가 문제점을 발견하고 풀어갈 실마리를 찾아낸 것이다. 〈환경의 역습〉도 기획의 첫 아이디어는 결혼하고 13년 만에 대출을 잔뜩 끼고 집을 장만해 이사 가면서 시작되었다.

오래된 아파트였지만 전셋집에서 자가로 이사하는 김에 최대한 수리를 잘해서 새집 같은 실내 환경을 만들어야겠다고 생각했다. 수천만 원을 들여 내부 수리를 하고, 기분 좋게 새집 냄새를 맡으며 살고 있는데, 이상한 일이 벌어졌다. 아이한테 다시 아토피가 생기고, 아내도 피부 트러블이 생기고, 나는 기관지염에 자주 걸리게 된 것이다. 한 번 기침을 시작하면 아무리 약을 먹어도 두 달이 지나야 잦아들었다.

'왜 이러지? 집에 뭐가 문제가 있나?'

이 궁금증이 나로 하여금 중금속과 실내 공기에 관한 공부를 하게 만드는 계기가 되었다. 조사해 보니 당시 우리나라는 실내 공기에 대한 개념이 전혀 없었다. 뒤집어 생각하면 환경 다큐멘터리를 만들기에는 그야말로 최적의 조건이었다.

이 프로그램 역시 운 좋게도 최고의 다큐멘터리 작가로서 현장을 같이 누빈 정희선 작가님과 제작진의 헌신적인 노력 덕을 톡톡히 보았다. '새집증후군'이라는 말을 유행시키며, 높은 시청률과 함께 커다란 사회적 반향을 일으켰다. 국회 문턱을 넘지 못하고 잠자고 있던 친환경 정책들이 하루아침에 통과되기도 했다. 묵혀 있던 법안들이 국회 문턱을 넘은 날, 고맙다며 환경부 고위 간부들이 양주를 들고 직접 찾아와 밥을 사주기도 했다.

방송 후 제도적 변화뿐 아니라 건축 자재부터 모든 삶의 공간들이 빠른 속도로 변하기 시작했다. 건설 회사들은 아파트를 지을 때도, 건물을 지을 때도 새로 생긴 실내 공기질 기준을 따라야 했다. 방송 후에 다 전하지 못한 메시지를 정리해 책으로도 펴냈다. 재능 기부라 생각해 인세 수입은 모두 '아름다운재단'의 환경 관련 기금인 '녹색 꿈나무 기금'에 기부했다. 원고를 모두 정리하고 나서 마무리 글로, 어색하지만 미래를 예측하는 맺음말을 썼는데, 불행하게도 그 글이 거의 맞아떨어지고 있다. 틀리기를 바라며 쓴 글인데, 뒷맛이 씁쓸하다.

저의 예상은 이렇습니다. 만약 인류가 환경 파괴적인 소비를 지향하는 현재의 생활 방식을 수정하지 않는 한, 머지않아 우리가 예상하지 못한 재앙이 닥칠 것입니다. 그 재앙은 아마 이런 것들이 될 것입니다. 지구 기온의 변화에 따라 태풍, 한파, 혹서, 폭설, 황사 등의 형태로 재앙의 전주곡이 연주될 것입니다. 이미 이런 현상은 조금 시작되었지요. 그 후에는 숲의 파괴로 인해 숲속 생명체에 잠복해 있던 전례 없던 불치의 바이러스들이 우리를 위협할 것입니다. 지구 온난화로 모기, 진드기 등 해충이 창궐할 것입니다.

공기와 음식에 노출된 중금속으로 인해 아이들의 뇌

기능이 퇴화될 것입니다. 농약, 살충제 등의 약제 남용으로 태아와 아이들이 신경계에 혼란을 겪고, 면역력이 떨어져 각종 질병에 노출되어 많은 아이들이 아플 것입니다. 비닐, 플라스틱 남용으로 호르몬계에 혼란이 와서 지능과 생식 기능 저하가 예상됩니다.

대기 오염으로 폐 질환, 조산, 유산이 증가하고, 각종 화학 물질을 방출하는 실내 공기 오염과 음식 오염으로 아토피 등 각종 알레르기 질환이 증가할 것입니다. 항생제의 남용에 따른 내성균 증가로 질병 퇴치 불능 상태 등이 전개될 것입니다.

무절제한 소비 문명이라는 통제 불능의 지휘자는 희망의 신세기 교향곡을 인류의 종말을 위한 레퀴엠(장송곡)으로 변주시키고 있습니다. 우리는 과연 언제까지 버틸수 있을까요? 그렇다면 과연 우리는 무엇을 위해 이렇게 치열하게 사는 것일까요? 이제 희망은 깨어 있는 독자 여러분들밖에 없습니다. …(중략)…

이 아름다운 금수강산과 천혜의 바다를 불과 수십 년만에 황폐화시키고, 전 국민이 더러운 공기를 마시며 오염된 음식물을 각종 가공 기술과 화학 물질로 범벅해서먹게 된 이 세상의 잘못된 습관을 우리는 바꾸어야 합니다. 그것이 우리가 경제적으로 풍요한 세상을 아이들에게 물려주는 것보다 훨씬 더 중요한 것 아니겠습니까.

20여 년 전 쓴 글인데, 그때의 예상보다 더 악화된 것이 현실이다. 우리는 이미 통제 불능의 생존 방식에 익숙해져서 다시 과거로 돌아갈 수 없다. 나와 내 가족뿐 아니라 주변 사람들 어느 누구도 제대로 된 친환경적인 삶을 살고 싶어도 살 수 없는 세상이 되었다.

과거에 내가 특별한 예지력이 있어서 오늘의 상황을 맞히게 된 것이 아니다. 누구나 예측할 수 있던 불편한 진실이지만, 많은 사람이 어쩔 수 없이 혹은 일부러 외면했을 뿐이다.

이제 우리는 산업화의 속도를 늦출 수 없고, 어느 나라 정치인이라도 지금의 소비 환경을 바꾸자고 한다면 당선될 수가 없을 것이다. 이미 환경 재앙이라는 공포의 화살은 시위를 떠났다. 그 화살이 땅에 먼저 떨어질지, 바다에 먼저 떨어질지는 시간이 지나면 결과가 나올 것이다.

그 결과는 우리가 상상하는 것보다 더 비극적일 가능성이 높다. 지금도 지구촌을 혼란 속에 빠뜨리고 있는 기후 변화는 그 재앙의 전주곡에 불과할 것이다. 내연기관 자동차를 약간의 죄책감을 느끼며 타고 다니는 나 같은 보통 사람의 우려가 제발 기우가 되기를 다시 소원해 본다.

운은 타인이 만들어 주는 것

앞에 소개한 프로그램들이 나 혼자만의 노력이나 운으로 된 것은 결코 아니다. 상대방에게는 부족하다고 여겨질 수도 있겠지만, 함께 일하는 모든 사람들을 동등한 파트너 이상으로 여기고 대하려고 노력해 왔다. 그들의 진심 어린 도움 없이는 그 어떤 것도 특별히 잘해 낼 수 없다는 것을 PD 생활 초기에 깨달았기 때문이다. 누구나 일하는 척할 수도 있고, 도와주는 척할 수도 있다. 그런데 나의 일처럼 애정을 갖는 척할 수는 있지만, 진심으로 잘되기를 바라고 열과 성을 다해 일하는 것은 그 경지가 다르다.

일부 유명인과 사회 지도층 인사의 갑질 뉴스가 심심치 않게 눈에 띈다. 그런 모습을 볼 때마다 '저들은 인성보다 머리가 더 나쁘구나' 하는 생각이 든다. 정상적인 두뇌라면, 자신을 도와주는 사람들에게 그런 행동을 하면 자신에게도 피해가 올 거라는 건 상식이다. 이런 당연한 사실도 모른다는 것은 머리가 나쁘다고밖에 달리 표현할 방법을 찾기 어렵다. 어느 종교의 경전에도 심지어 죽은 사람을 살려냈다는 기적은 나오지만, 머리 나쁜 사람을 좋게 만들었다는 이야기가 없는 걸 보면, 어쩌면 이런 사람들은 구제 불능인지도 모른다.

혼자서 잘할 수 있는 일이란 세상에 존재하지 않는다. 누군가의 도움이 반드시 있어야만 일이 된다. 목표가 높을수록 더 많은 도움을 받아야 한다. 일의 성공 확률을 높이고 싶은 사람은 가장 먼저 같이 일하는 사람들을 존중해야 한다. 그들이 80, 90퍼센트의 역량을 발휘하는 데 머무르게 해서는 성공할 수 없다. 그들이 보유한 재능의 120퍼센트를 드러내도록 해야 한다. 그러려면 그들에게 진심으로 잘해야 한다.

SBS에서 일하면서 PD 시절부터 여러 가지 제도를 만들어 냈는데, 밤늦게 퇴근하는 프리랜서들에게 택시비를 지원해 주고, 식사 비용은 회사가 지불하도록 하는 것, 퇴직한 사람들에게 무한 제공하던 창사 기념미 증정을 10년으로 줄이고, 그 예산으로 회사 건물 안에서 야근하는 모든 사람들에게 저녁 식사를 무료로 제공하는 것, 동종업계의 다른 회사들보다 조금이라도 보상을 더 해주는 것 등등이다. 이런 제도들을 만들기 위해 지나치게 퍼주고 방만하게 운영했다고 한다면, 하나만 알고 둘은 모르는 사람이다. 같이 일하는 사람들에게조차 위안과 자긍심을 주지 못하는 방송사가 어떻게 수많은 시청자들에게 감동을 줄 수 있을까.

인생은 운이 7이고, 노력이 3이라는 말도 있다. 나의 작은 성공도 운이라고 할 수 있다. 그런데 나의 비결은 그것에 더해 사람들과의 진심 어린 교감에 있었다고 말할 수 있다. 내가 제작에 관여한 많은 프로그램들도, 내가 보직을 맡아 일한 지난 20년의 성과들도, 내가 운이 좋아서 잘된 것보다는 같이 일하는 작가와 스태프, 그리고 동료들이 능력 이상의 힘을 발휘했기 때문이다. 나는 그들을 파트너 이상으로 존중하려고 노력했을 뿐이다. 결과적으로는 이런 행동이 운을 이끄는 배경이 되었을지도 모른다.

내가 간부로 있던 시절 장안의 화제를 모았던 프로그램들 또한 모두 주변 사람들의 헌신이라는 유사한 과정이 있었다. 예능이라는 낯선 환경에 처음 갔을 때도 후배들과 작가들, 출연자들이 적극 도와주었고, 드라마에 가서도 마찬가지였다.

〈패밀리가 떴다〉는 유재석 씨와 이효리 씨의 협조와 후배들의 열정이 있었기에 떴다! 〈K팝 스타〉는 양현석 씨의 아이디어로 수차례 소주집에서 미팅을 하여 기획하였고, 박진영 씨의 촌철살인 심사평으로 꽃을 피웠다. 후배가 만든 기획안을 조금 바꿔 〈정글의 법칙〉이라는 제목을 제안했더니, 선배는 김병만 씨를 섭외해 주었고, 후배들은 정글에서 온갖 해충에 뜯겨 가면서도 이를 성공적으로 완성해 냈다.

예능보다 낯선 드라마 본부장으로 갔을 때는 작가님들을 와이프보다 더 극진히 섬겼다. 〈상속자들〉의 김은숙 작가님, 〈별에서 온 그대〉의 박지은 작가님, 〈쓰리 데이즈〉의 김은희 작가님, 〈피노키오〉의 박혜련 작가님 같은 분들인데, 이분들은 이후에도 회사에 여러 걸작들을 안겨주었다.

2016년 12월 31일 밤, 〈낭만닥터 김사부〉의 한석규 씨가 SBS 연기대상을 받은 그날, 상암동 순댓국집에서 시즌 2를 하자고 새해 1월 1일 새벽 5시까지 그를 거의 고문(?)하듯 설득해 마침내 승낙을 받았다. 이후 강은경 작가님의 놀라운 솜씨로 시즌 2·3까지 연속 히트하며, SBS의 시즌제 드라마의 막을 열었다. 사장이 되고 나서는 광고주분들을 하늘처럼 받들었다.

인생의 좋은 운을 기대한다면 혼자 뛰거나 혼자서 소원한다고 되는 것이 아니다. 함께 일하는 사람들의 진심 어린 염원이 합쳐져야 우주의 기운도 움직일 수 있다는 것을 빨리 눈치채야 한다. 이것이 성공 확률을 높이는 나의 '시크릿'이다.

생활 속에서 직접 경험한 문제들을 시청자 입장에서
쉽게 풀어내는 것이 내가 좋아하는 기획 스타일이다.
〈생명의 기적〉과 〈잘 먹고 잘사는 법〉도 아이를 낳고 먹고 살다가
문제점을 발견하고 풀어갈 실마리를 찾아낸 것이다.
〈환경의 역습〉도 기획의 첫 아이디어는 결혼하고 13년 만에
대출을 잔뜩 끼고 집을 장만해 이사 가면서 시작되었다.

만약 이 글을 읽고 누군가 이 조건들을
모두 충족시키는 인재로 성장하여
최고의 자리에 올라간다면,
그 조직은 미래가 밝은 신나는 일터가 될 것이다.

6

좋은 리더가 될 확률을 높이는 방법

어느 중국인의 지혜

신입사원으로 입사해 큰 조직의 리더가 되거나, 어려운 선거에 출마해 당선될 확률은 매우 낮다. 경쟁이 치열하기 때문이다. 그런데 누군가 아래 다섯 가지 조건을 충족시킨다면, 훨씬 더 어려운 확률을 극복하고 인재가 되는 것이므로, 커다란 재목으로 성장할 수 있으리라 확신한다. 만약 어느 나라의 대통령이 이런 사람이라면 나라 전체가 행복해질 것이라 믿는다.

중국에서 한한령이 발동되기 전, 사업차 몇 번 중국으로 출장 갈 일이 있었다. 거기서 잊을 수 없는 소중한 교훈을 얻었다. 중국의 저장위성방송사와 〈런닝맨〉(중국에서 방송되는 제목은 〈달려라 형제들〉이다) 공동 제작을 진행하면서 계약 조건 등에 대해 추가 협의를 하는 출장이었는데, 저장위성방송사의 C 회장이 저녁 식사에 우리 출장팀을 초대했다. 시진핑 주석이 저장성에 근무할 당시 비서를 역임했던 분이라, 중국 내에서 발언권이 상당하다고 듣고 있었는데, 〈달려라 형제들〉 시청률과 광고 판매 성과가 좋아서 회사 전체 분위기가 아주 좋은 상황이었다.

그렇지 않아도 그분에게 궁금한 게 한 가지 있던 차였다. 당시 〈달려라 형제들〉 시즌 4가 제작을 완료하고 방송을 일주일도 남겨놓지 않은 상태에서 광전총국에서 불방 결정이 내려지는 황당한 사건이 있었다. 저장위성방송사 측에서도 그야말로 난리가 났는데, 고가의 광고를 모두 미리 판매한 상황에서 방송을 내보내지 못하게 되면, 한화로 천억 원이 훨씬 넘는 손실을 감수해야 하는 상황이었다. 회사 간부들이 발을 동동 구르고 있던 차에 C 회장이 곧바로 북경으로 날아갔고, 하루 만에 다시 방영 결정을 받아 돌아왔다는 것이다.

출장 전부터 C 회장의 문제 해결 방식이 몹시 궁금하던 차였다. 식사가 진행되고 술도 한두 잔 돌아간 뒤 분위기가 좋아지는 걸 봐서 정중하게 물었다.

"회장님, 〈달려라 형제들〉 불방 결정을 어떻게 해결하셨는지 그 노하우를 배우고 싶습니다. 한국에서부터 궁금했었는데, 꼭 듣고 싶습니다."

그러자 그가 파안대소하면서 손가락으로 사장 이하 임원들을 가리키며,

"내가 이 사람들한테도 얘기 안 해 준 나만의 노하우를 한국인인 당신에게 얘기해 줄 것 같은가요? 하하하하."

임원들도 모두 같이 크게 웃었다. C 회장의 안색을 살피니 자신을 인정해 주는 질문이라 생각했던지 기분 나빠하는 표정은 아니었다.

나도 쉽게 물러나지 않았다. 그냥 인사치레로 하는 말이 아니고, 정말 궁금했기 때문이다. 다시 통역에게 더 도발적인 질문을 했다.

"시진핑 주석의 비서를 하셨으니 인맥으로 해결하신 것 같기도 하고, 아니면 다른 합법적이지 않은 방법을 쓰신 것도 같고…."

C 회장을 자극하며 떠보는 질문이었다. 통역이 좀 곤란한 표정을 지었지만, 그대로 통역하라고 재촉했다. 통역을 전달받은 C 회장은 얼굴에 묘한 미소를 지으며,

"나만의 노하우를 알려줄 수는 없지만, 당신이 계속 궁금해하니 이런 말은 해주고 싶네요. 리더라는 존재는 어떤 사람이어야 하는지를 얘기해 주지요."

일순간 좌중이 조용해지고, 모두가 그의 입을 주시했다.

"첫째, 리더는 자신의 아래에 유능한 사람을 둘 수 있어야 합니다. 그건 정치적 성향과 학연·지연을 초월해야 합니다. 그러려면 유능한 사람을 알아보는 분별력이 있어야 합니다. 그 분별력이 곧 리더의 실력이지요."

통역의 말이 화살처럼 나의 귀에 정확히 꽂히며 고막을 관통해 뇌에 조각처럼 새겨지는 순간이었다. 자신의 아래에 유능한 사람을 둘 수 있어야 한다는 것은 정말 새겨들어야 하는 말이다. 우리는 고향, 학교, 직종, 군대, 종교, 입사 기수, 심지어 취미 생활을 하는 동호회까지, 실력보다는 자신과 끈끈하게 같은 편이 될 수 있는 사람들을 발탁하는 경우를 자주 보게 된다. 그런데 여기서부터 불공정한 패거리 문화가 싹트게 되고, 실력을 키우기보다는 줄을 잘 서야 한다는 말이 나오게 된다.

"둘째, 리더는 아이디어를 낼 수 있는 사람이어야 합니다. 어떤 회의에서든 아이디어를 낼 줄 알아야 리더입니다. 그러려면 평소 생각을 많이 하고, 준비를 잘해야겠지요. 그런데 이 두 가지는 내 얘기가 아니라, 사실 마오쩌둥 주석이 한 말입니다."

열심히 듣고 있던 저장위성 간부들도 처음 듣는 것 같은 표정이었다. 나도 수많은 회의에 참석도 하고, 주재도 많이 해 봤지만, 우리나라 회의 문화는 '모난 돌이 정 맞는다'는 말처럼 나대는 사람을 좋아하지 않는 분위기가 있어서, 사람들의 발언을 끌어내기가 여간 힘든 게 아니다.

그래서 나는 회의 자료를 보고자가 읽는 식의 회의는 하지 않는다. 자료는 미리 검토하고, 평소 궁금한 것들을 질문하는 자유 토론식 회의를 한다. 그러면 회의장에 긴장감이 넘치고, 예측하지 않았던 질문과 답변이 이어지면서 아이디어도 나오게 된다. 가끔 농담도 섞어 긴장을 풀어 주면 유쾌하고 활기 넘치는 회의 분위기가 만들어진다.

권위적인 문화가 아직 남아 있는 조직에서는 다음과 같은 세 가지 유형의 회의를 하는 경향이 있다. 그중 가장 한심한 회의는 제일 높은 사람이 주로 다 얘기하고, 아랫사람은 듣기만 하는 회의다. 두 번째로 한심한 회의는 아무런 결론도 내지 않는 회의이다. 리더가 아이디어도 없고, 준비가 되어 있지 않으니 확실한 지침을 줄 수가 없는 건 당연하다. 세 번째로 한심한 회의는 아랫사람들이 준비한 자료를 읽게 하고, 별 필요도 없는 질문 한두 가지를 하다가 끝나는 회의다. 회의 주재자는 회의가 이런 세 가지 방향으로 흐르지 않도록 평소에 꾸준한 노력을 해야 한다.

오랜 실전 경험 없이 어설프게 배워서 간섭하는 것보다는 전문가들에게 맡기는 것이 훨씬 효율적이라는 점도 잊지 말아야 한다.

저장위성 C 회장의 이야기가 이어졌다.

"세 번째는, 내 이야기입니다. 리더는 남들이 해결하지 못하는 것을 해결할 줄 아는 사람이어야 합니다. 그래서 내가 〈달려라 형제들〉 불방 문제를 해결한 겁니다. 하하하하."

그의 말은 거침이 없었다. 내가 듣고자 했던 영업 비밀은 알 수 없었지만, 그것보다 더 만족스러운 대답이었다.

'저장위성 회장 아무나 하는 게 아니구나.'

저장위성 C 회장이 알려준 이 세 가지 리더의 조건은 평생 나의 머릿속에서 지워지지 않을 보배 같은 가르침이다.

언행일치 리더

2016년 12월 사장 취임 이후, 연말에 경영 실적이 집계되면 그 자료를 기본으로 신년 시무식에서 매년 새해의 경영 계획을 직원들 앞에서 발표했다. 하고 싶은 말은 직접 써야 직성이 풀리는 성격이라 발표 자료는 직접 만들었다. 그해의 경영 계획과 임직원들에게 평소 하고 싶은 얘기도 곁들여 7년 동안 지속했다. 영상도 녹화해 두 달 동안 임직원들이 언제든지 볼 수 있도록 공개 게시했다.

그 자리에서 저장위성 회장의 이야기를 소개했더니 모두가 좋아하는 눈치였다. 그다음 해에는 외국 사람 말만 전하는 것도 자존심이 상하는 일이라 C 회장 이야기에 더해 내가 생각하는 리더의 조건 두 가지를 추가해서 발표했다.

"제가 전하고 싶은 네 번째 리더의 조건은, 인사권자에게 직언을 할 줄 아는 사람입니다."

아랫사람이 윗사람에게 직언을 한다는 것은 매우 당연한 말처럼 들리지만, 실제로는 아랫사람의 목줄을 쥐고 있는 인사권자의 심기를 거스를 수 있는 직언을 한다는 것이 말처럼 쉬운 일은 아니다. 그중에서도 특히 조심해야 할 것은, 직언은 정확해야 한다는 점이다. 정보의 정확도가 높아야 직언으로서 가치가 있고, 상하 간에 신뢰 관계가 형성된다. 특히 지위가 높은 사람에게 하는 직언은 더욱 정확해야 한다. 그렇지 않으면 기업이나 국가적으로 큰 낭패를 볼 수 있다.

아랫사람은 직언할 사안에 대해 평소에 넓고 깊이 있는 공부를 해야 하고, 90퍼센트 이상 정확해야 직언으로서 가치가 있다. 언제 기회가 올지 알 수 없기에 평소에 잘 정리해 두었다가 때가 되면 인사권자를 조심스럽고 예의 바르게 설득해야 한다.

준비를 잘해서 직언을 했는데도 인사권자의 기분을 상하게 하거나 끝까지 고집을 꺾지 않으려 할 때는, 실로 난감한 상황에 처하게 된다. 이때 직언을 한 사람은 자리를 내놓을 각오까지 해야 한다. 자리에 연연하면서 하는 말은 직언이라기보다는 자기보신을 위한 면피용 발언인 경우가 많다.

만약 직언한 사람을 인사권자가 못마땅하게 생각해 공개적으로 망신을 주거나 내친다면, 그 소문은 빛의 속도로 조직에 퍼져 나가게 된다. 그 이후로는 그에게 입바른 소리를 할 사람은 아무도 없게 되고, 인사권자의 모든 의사 결정은 전혀 통제받지 않게 된다.

그 이후에는 한 사람의 명령으로 모든 것이 좌지우지되는 조폭 조직이나 독재 국가처럼 일방적 의사 결정 체제가 굳어지게 되는데, 우리의 현실 정치와 기업 문화 속에서도 심심치 않게 목도하는 모습이다.

방송 일을 하면서 아홉 명의 대통령을 지켜봤다. 몇몇은 취임 초반에는 잘해 갔지만, 점차 주변에서 직언하는 사람이 사라졌다. 대통령은 '인의 장막'에 갇혀 일방통행식 사고가 굳어졌고, 가족들은 권력에 취해 긴장감을 놓아 버렸다.

이런 사실을 알면서도 주변 인물들은 자신의 안위를 위해 직언을 주저했다.

일부 기업의 상황은 어쩌면 이보다 더 심각하다고 할 수 있다. 모든 직원의 '행복 여탈권'을 쥐고 있다고 자만하는 기업가는 자신의 권한을 독재자처럼 폭력적으로 남용하는 경우가 있다. 그리고 그의 주변에는 직언하는 사람은 찾아볼 수 없고, 권력을 등에 업고 상황을 왜곡하는 환관형 측근들이 호가호위하며 이러한 상황을 더욱 부추기는 경향을 보이곤 한다.

시무식장에서 다섯 번째 리더의 조건을 발표했다.

"마지막으로, 좋은 리더는 약속을 잘 지키는 사람입니다. 술을 먹고 한 약속이든, 맨정신으로 한 약속이든, 자식에게 한 약속이든, 유권자에게 한 약속이든 모두 지켜야 합니다. 그렇게 약속을 잘 지키는 사람이 리더가 되어야 합니다."

약속을 지키지 않아도 된다고 생각하는 사람이 대통령이나 기업의 총수가 되면, 우리 사회가 어떻게 될까. 공약도 지키지 않고, 직원들에게 한 약속도 지키지 않고, 안하무인인 양 행동한다면 나라 전체의 비극이고, 기업에도 큰 불행이 아닐 수 없다.

나는 세상 대부분의 불행은 약속을 지키지 않아서 시작

된다는 것을 알게 되었다. 정치가가 유권자에게 한 약속을 지키지 않으면 나라가 어지러워지고, 기업이 직원들에게 한 약속을 헌신짝처럼 취급하는 회사는 미래가 없다. 자식에게 한 약속도 잘 지켜야 부모 대접을 받을 수 있고, 노사 간에 한 약속을 잘 지키지 않으면 노사 분규가 벌어진다. 국가 간에 한 약속을 지키지 않으면 전쟁이 날 수도 있다.

사람들이 열심히 일할 수 있는 동력은 바로 자신과의 약속, 주변인들과의 약속이 그 시작이다. 소비자에게 좋은 콘텐츠를 제공하겠다는 자신과의 약속을 지키기 위해 누가 시키지 않아도 수많은 제작자들이 오늘도 밤을 지새운다.

나중에 들은 이야기지만, 다섯 가지 리더의 조건에 대한 직원들의 반응이 나쁘지 않았다고 한다. 만약 이 글을 읽고 누군가 이 조건들을 모두 충족시키는 인재로 성장하여 최고의 자리에 올라간다면, 그 조직은 미래가 밝은 신나는 일터가 될 것이다.

기업이든 정치권이든 지위가 낮을 때는 문제가 잘 드러나지 않는다. 그러나 지위가 높아지면 그 사람의 본래 모습이 드러난다. 남들이 선망하는 자리에 오른 이후에도 이 다섯 가지를 실천하는 사람이 진짜 인재다.

갑자기 스타가 된 연예인, 권력자에게 아첨해 출세한 사람, 심지어 국민 MC, 국민 배우, 국민 가수라고 대중으로부터 추앙받는 사람들 중에도 인기를 등에 업고 말과 행동이 달라지며 주변 사람들에게 갑질을 일삼는 경우를 종종 보았다. 무명 시절을 비굴하게 보낸 사람일수록 이런 성향이 더 강하게 드러나기도 하는데, 일종의 보상 심리가 작동한 결과일 것이다.

어느 조직에서나 인성과 실력을 제대로 갖추지 못한 사람에게 힘이 주어지면, 가장 먼저 드러나는 성향은 오만함과 자기 과시 욕구다. 그가 가장 먼저 하는 일은 전임자가 쌓아 온 공적을 모두 지우는 것이다. 실력자들을 배척하고, 자신이 누리고자 하는 권력을 떠받칠 예스맨들로 그 자리를 채운다. 리더는 아래에 유능한 사람을 둘 수 있어야 한다고 했는데, 누가 유능한지, 평판이 좋은지를 판단해 인사를 하는 것이 아니라 자신과 코드가 맞는 인맥과 학연, 지연으로 인사를 하니 그동안 피땀 흘려 쌓아 온 공든 탑이 무너지는 건 한순간이다. 아무도 반대하지 않는 환경에서 잠시 편안히 있을지는 모르지만, 그곳이 모래 위에 지은 집이라는 사실이 곧 드러나게 된다.

사회생활을 하면서 실제로 말과 행동이 일치하는 사람을 만나는 일은 매우 드물었다. 누가 말과 행동이 일치하는 사람인지, 말만 번지르르하고 행동은 정반대인 사람인지 주변을 돌아보자. 지위가 높고 성공한 사람일수록 말과 행동이 다를 가능성이 더 높다는 사실을 금방 알 수 있을 것이다.

나에게 성공한 삶의 기준은 부자가 되거나 지위가 높아지고 인기를 얻는 것이 아니다. 사람이기에 항상 같을 수는 없지만, 말과 행동이 일치하는 사람, 적어도 그렇게 되려고 꾸준히 노력하는 사람을 진짜 성공한 인생으로 평가한다.

"첫째, 리더는 자신의 아래에 유능한 사람을 둘 수 있어야 합니다.
그건 정치적 성향과 학연·지연을 초월해야 합니다.
그러려면 유능한 사람을 알아보는 분별력이 있어야 합니다.
그 분별력이 곧 리더의 실력이지요."

누가 더 옳다는 기준은 없다.
하지만 내 경험상 대부분의 경우 소비자가 옳다.
그것이 객관적 시각이 만들어 내는 결단의 힘의 실체다.

7

실패할 확률을 줄이는 방법

자기 객관화 경쟁력

누구나 일을 잘하고 싶어 한다. 먼저 스포츠 선수의 예를 들어보자. 대중이 열광하는 스타가 되기 위해서는 오랜 기간의 연습이 필요하다. 그냥 열심히 하는 정도가 아니라, 연습하고 또 연습하고 다시 연습해야 한다. 축구 공격수를 예로 들면, 100미터를 10초대 스피드로 질주하며, 수비수들 사이로 보이는 작은 틈을 힐끗 보고, 0.1초 만에 뇌에서 작전을 끝낸 뒤, 자동반사적으로 발을 뻗어 가장 적절한 각도로 공을 차는 경지에 도달해야 한다. 그 확률을 높이는 방법은 죽기 직전이라 느껴질 정도로 계속 연습하는 것이다. 하지만 그렇게 한다고 해서 모두가 스타 선수가 되는 것은 아니다. 선수 자신이 어느 정도의 실력을 갖추었는지 스스로를 객관화하는 것이 연습을 열심히 하는 것보다 더 어렵기 때문이다.

나는 프로그램을 정확히 보는 눈을 갖기 위해 많은 시간을 투자하고 노력해 왔지만, 솔직히 아직도 아내와 같은 대중의 판단력을 따라가지 못한다. 나는 전문가로서 모니터를 하지만, 아내는 소비자의 눈으로 시청하기 때문이다. 이 간격을 좁히는 것이 대중성을 확보하는 지름길이다.

방송뿐 아니라 소비재를 생산하는 기업이나 국민들을 상대하는 정치인도 입장은 대동소이하다. 아무리 똑똑한 생산자나 정치인도 국민들의 마음을 절반 정도밖에 알 수 없는 것이 냉정한 현실이다. 왜 생산자와 소비자, 정치인과 국민 사이에 이런 괴리가 반복될까. 그것은 자신을 객관화시키는 것이 그만큼 어렵기 때문이다. 정치에서 '내로남불'이라는 말이 유행하는 것도 그만큼 자신을 객관화하기가 어렵다는 반증이다.

20년 전, 편성기획팀장으로 재직하던 내게 뜻밖의 인사명령이 떨어졌다. 예능 제작 경험이 전무한 나를 돌연 예능국장으로 발령한 것이다. 예능 경쟁력이 나락으로 떨어진 상황에서 특단의 조치를 취한 것이다. 예능 프로그램 대부분이 경쟁사 대비 동시간대 꼴찌 수준이었으니, 더 이상 물러설 곳이 없었던 것이다. 교양 출신을 예능국장으로 발령낸다는 것은 방송사에서 거의 없는 일이다. 예능국에 가 보니 나를 대하는 분위기가 눈에 띌 정도로 차가웠다.

첫 신규 프로그램의 시사회 날, 나는 적지 않게 충격을 받았다. 내가 보기엔 별로 재미도 없는데, 예능 PD들은 무엇이 그리 재미있는지 연신 웃음을 터뜨렸다.

'대체 저들은 무엇을 보고 웃는 걸까? 내 눈에만 보이지 않는 재미 요소가 대체 어디에 있는 걸까?'

이후에도 이런 현상은 자주 반복되었다. 그때 생산자인 전문가 집단의 정서와 소비자의 간극이 얼마나 큰지를 깨닫게 되었다. 어떻게 나의 생각을 PD들에게 전달할까 고민하다가 "전문성과 대중성은 반비례한다"는 말로 정리해서 설명했더니, 똑똑한 PD들이 단박에 알아들었다.

콘텐츠를 책임지기 위해서는 누구보다 콘텐츠를 잘 알고 있어야 한다. 나는 지난 20년간 SBS 콘텐츠들 중에 프라임타임 콘텐츠는 90퍼센트 이상, 비프라임타임 콘텐츠는 10퍼센트 정도 매주 시청해 왔다. 편성기획팀장이 된 다음부터 본격적으로 모니터를 시작해서 사장이 되고 나서도 계속했다. 타사의 주요 프로그램도 가끔씩 들여다봐야 하니 일주일 시청 시간이 최소 20시간을 훌쩍 넘는다. 적게 잡아도 일 년으로 치면 1,000시간이고, 10년이면 1만 시간이다. 지난 20년을 따지면 2만 시간을 훌쩍 넘었을 것이다. 방송 생활을 하면서 시청한 시간을 다 계산하면 수만 시간이 넘을 것이다.

이렇게 되면 새로 준비하는 드라마의 스토리라인이나 예능·교양 기획안만 봐도 성공 가능성을 대략 예측할 수 있고, 첫 방송 되는 프로그램의 전반부만 봐도 다음 날 나오는 시청률까지 비슷하게 맞히는 수준이 될 수 있다. 내 주변에는 이런 프로페셔널들이 여럿 있었다. 물론 신이 아니니 틀리는 경우도 간혹 있다. 믿기 어려울 수 있지만, 1만 시간 이상 모니터 해 보면 누구나 체험할 수 있다.

프로의 세계는 '1만 시간의 법칙'이 적용되는 영역이다. K팝 가수들의 성공도, 스포츠 선수들의 성공도, 학자들의 업적도, 사업가의 성공도 최소 1만 시간의 노력과 경험이 필요하다.

회사 간부들이 나에게 가장 궁금해하는 것 가운데 하나는 언제 그 많은 프로그램들을 다 보느냐는 것이다. 그런데 요즘같이 '다시 보기'가 쉬운 환경에서는 조금만 신경 쓰고 노력하면 누구나 할 수 있다. 과거에는 아내가 VHS 테이프로

직접 녹화하는 눈물겨운 내조를 충실히 해 주기도 했다. 최고 리더가 콘텐츠를 모두 챙겨 보고 디테일한 의견을 제시하는 것과 대충 아래에 위임하고 끝나는 것은 완전히 다르다.

사장이 자사 제품을 매일 직접 써 보거나 먹어 보지 않고 피드백도 제대로 주지 않는 회사가 잘될 리 없는 것과 같은 이치다. 윗사람이 피상적이고 불필요한 잔소리를 하는지, 핵심을 꿰뚫어 보고 대안을 담은 의견을 제시하는지는 실무자들이 더 잘 안다.

1만 시간의 노력은 기본이고, 어떤 부문이든 경쟁력은 '자기 객관화'에서 시작된다. 그런데 전문가일수록 대중의 생각과 멀어진다는 것을 알게 되었다. 콘텐츠를 예로 들면, 이 분야는 생산자와 소비자 사이의 간극이 매우 크다. 그래서 가장 정확한 판단을 할 수 있는 사람은 시청자이고, 가장 판단력이 떨어지는 사람은 오히려 담당 연출자라는 말이 성립한다.

가장 객관적이지 못한 순서대로 하면 1등이 담당 연출자이고, 그다음이 작가, 담당 부장, 담당 국장, 본부장, 사장 순이라 할 수 있다. 그래서 사장인 내가 본부장, 국장, 부장들에게 잔소리를 할 수 있는 것이다. 콘텐츠 전문가들보다 더 정확한 판단력을 소유한 사람은 그들의 배우자와 자녀

들이다. 그리고 이들보다도 한 수 위는 길을 가는 일반 사람들이다.

"전문성과 대중성은 반비례한다"는 나의 말처럼, 세상은 자기 객관화에 실패하는 순간, 불행의 씨앗이 싹튼다. 특히 자신이 관여된 사안을 객관적으로 판단하기는 더욱 어렵다. "팔은 안으로 굽는다"거나 "고슴도치도 제 새끼는 보들보들하다고 한다"는 말이 있듯이, 누구에게나 스스로에게 엄격한 잣대를 들이대는 일은 가장 어려운 과제다.

콘텐츠 경쟁력이 하락하는 것도, 정치인들이 서로를 내로남불이라고 비난하는 것도, 종교 지도자가 성범죄를 저지르는 것도, 여성을 성추행하거나 스토킹하는 것도 따지고 보면 모두 자기 객관화에 실패한 결과라고 할 수 있다. 관건은 어떻게 자기 객관화를 지속적으로 유지할 수 있는가이다.

이를 위해서 나는 중요한 사안일수록 가급적 네 가지 단계로 판단하려고 노력한다. 스스로의 시야를 '제4의 시각'까지 확장하는 것이다.

앞의 세 단계는 우리가 고등학교 교과서에서 배운 독일 관념론 철학자 헤겔의 변증법과 유사하다. 정·반·합, 즉 '긍정' → '부정' → '부정의 부정'을 거치며 진리에 가까워지는 방식이다.

변증법은 기존의 논리인 '정'을 '부정'(반)해 보고, 그 부정했던 생각을 다시 '부정'(합)해 본 뒤, 그 결과를 다시 '정'으로 삼아 반복하는 사고 과정이다. 나의 방식은 여기서 한 걸음 더 나아가, '합'까지 도출한 이후 '제4의 시각'을 곁들여 수정·보완한 뒤 결론을 내린다. 이 제4의 시각이란 다름 아닌 주변 사람들의 의견이다. 직언과 조언을 종합해, 정·반·합을 통해 얻은 1차 결론에 지혜를 보태는 것이다.

이런 과정에 익숙해지면 자연스럽게 '결단의 힘'이 생긴다. 결단의 힘은 오랜 세월 축적된 경험 속에서, 어느 순간 자연스럽게 튀어나온다. 우리가 인생을 살면서 결혼, 취업, 이직, 창업, 새로운 제품 출시 같은 중대한 의사 결정을 해야 할 때도 결국 필요한 것은 이 '결단의 힘'이다.

객관적 판단에 의한 '결단의 힘'이 작동했던 인상 깊은 일이 있다. 2020년, 드라마 〈모범택시〉 제작을 시작하기 전, 스튜디오S에서 보고가 올라왔다. 남자 주인공 후보를 최종 낙점해 통보했다는 내용이었다. 그런데 가만히 생각해 보니 드라마 성격상 맞지 않는 선택인 것 같았다. 후퇴할 수 없겠느냐고 했더니, 주인공이 이미 역할에 맞춰 몸을 만들고 있는 중이라고 했다.

포기할까 하다가, 일단 배우 이제훈 씨가 요즘 무엇을 하고 있는지 체크해 보고 다시 얘기하자고 했다. 때마침 특별히 제작에 들어간 작품이 없다는 소식이 들렸다. 즉시 회의를 소집해 주인공 교체를 요청했다. 먼저 캐스팅된 배우에게는 내가 그렇게 결정해서 어쩔 수 없었다고 양해를 구해 달라고 당부했다.

간부들이 난색을 표했지만, 끝까지 고집을 꺾지 않았다. 갑자기 주인공에서 하차하게 된 배우의 소속사 사장은 평소 나를 형님이라 부르며 오랜 기간 친분을 쌓아온 동생이었다. 하지만 공과 사를 구분해야 작품이 산다는 신념을 꺾을 수는 없었다.

2021년 9월에 방영된 드라마 〈원더우먼〉 캐스팅 과정에서도 데자뷔 같은 일이 벌어졌다. 이미 캐스팅되어 있던 여자 주인공을 배우 이하늬 씨로 교체하는 방안을 검토하도록 요구한 것이다. 알아보니 마침 이하늬 배우에게 특별한 스케줄이 없던 터라, 〈모범택시〉의 경우와 마찬가지로 내 평계를 대고 양해를 구하도록 밀어붙였다. 결과는 두 작품 모두 높은 시청률과 적절한 캐스팅이라는 평가를 받았고, 〈모범택시〉는 시즌 3까지 이어지며 이제훈 배우의 인생작이 되었다. 물론 캐스팅에서 제외된 분들의 연기력이 모자라서가 결코 아니다. 드라마의 성격과 상대적으로 덜 맞을 거 같다는 판단이었을 뿐이다. 이분들에게는 아직도 미안한 마음을 갖고 있다.

이런 얘기는 내가 드라마 전문가들보다 감이 좋다는 뜻이 결코 아니다. 나는 순수한 소비자 입장에서 판단하려고 노력한 것이고, 드라마 간부들은 전문가의 식견으로 판단했다는 차이일 뿐이다. 누가 더 옳다는 기준은 없다. 하지만 내 경험상 대부분의 경우 소비자가 옳다. 그것이 객관적 시각이 만들어 내는 결단의 힘의 실체다.

갑자기 닥친 위기 탈출법

같은 해, 예상하지 못했던 재앙 수준의 일이 터졌다.

월화드라마로 〈조선구마사〉라는 작품을 방영했는데, 첫 방송부터 시청자들의 비난이 봇물처럼 쏟아졌다. 귀신이 등장하는 퓨전 사극이니, 태종과 세종의 실명을 사용하더라도 픽션으로 받아들여져 큰 문제가 없을 것이라 판단한 것이 결정적인 패착이었다.

게다가 제작진 의도와 다르게 중국과의 국경 지대 설정에서 의상과 음식이 중국풍이라고, 역사 왜곡이니, 나라를 팔아먹었다느니 하는 비난이 방송 다음 날까지도 수그러들지 않았다. 첫 방송 다음 날 긴급회의를 소집해 드라마를 제작한 스튜디오S 경영진과 홍보팀, 편성 책임자들과 머리를 맞대 보았지만 뾰족한 대책은 나오지 않았다. 제작진은 한 주만 더 방송하면 비난이 잦아들 것이라는 다소 낙관적인 보고를 했지만, 나는 2회 차 방송을 보고 판단하겠다고 통보하고, 하루를 더 지켜보기로 했다.

화요일 밤 2회 방송이 나가고 난 뒤, 다음 날에는 시청자들의 비난 수위가 더 거세졌다.

정통 사극뿐 아니라 퓨전 창작 사극을 방송하다가 역사를 왜곡했다는 비난을 받아 방송이 중단된 경우는 드라마 역사상 한 번도 없던 일이었다. 사전 제작을 많이 했던 터라 방송을 중단했을 때 입게 될 적지 않은 제작비 손실뿐 아니라 연기자, 연출, 작가, 투자사들의 반발이 불 보듯 뻔했다. 하지만 판단을 미룰 수 없는 상황으로 몰리고 있었다. 일부 시청자들은 다른 프로그램 광고까지 불매운동을 하겠다고 위협하기 시작했다.

오전에 관련 간부들로부터 방송 강행에 대한 찬성과 반대 의견들을 최종적으로 경청했다. 그리고 하루 종일 사무실에서 정·반·합의 가정을 수도 없이 반복했다.

'방송을 강행했을 때, 중단했을 때, 절충안으로는 무엇을 할 수 있나… 나는 어떤 선택을 해야 하나.'

주변 사람들의 의견까지 더해서 상황을 객관적으로 판단하는 것이 무엇보다 중요했다.

온갖 상상을 하며 객관화하려고 머리를 쥐어뜯다가 나의 머리를 짓누르던 손실이라는 짐을 덜어내고 생각하자, 순간 머리가 가벼워지면서 저녁 무렵엔 의외로 쉽게 방향이 정해졌다.

'그래, 시청자를 위해 방송한다는 사람이 시청자들과 싸워서 이기려고 하는 건 방송인의 자세가 아니지. 돈은 또 벌면 되잖아.'

복잡한 생각을 할 것도 없이 이것이 본질이었다. 이런 생각을 하자 머리가 맑아졌다.

다음 날 오전에 회의를 소집하자, 모두가 침통한 표정으로 내 입만 쳐다보는 것 같았다. 돌아가며 마지막으로 의견을 들은 후 잠시 후 이렇게 발표했다.

"시청자가 원치 않는 방송은 폐지하겠습니다. 지금부터 방송 여부에 관한 논의를 중단합니다. 이 시간 이후 모든 책임은 제가 지겠습니다."

대다수 참석자가 어안이 벙벙한 표정들이었다.

"지금부터는 모두가 합심해 발생하는 손실을 최소화합시다. 투자사는 제가 직접 만나 설득하겠습니다."

이후에 투자사 대표를 만나 소송까지 가지 않도록 협조를 구하고, 정신과 약을 먹고 제주도 올레길을 걸으며 방황하고 있다는 연출자를 불러 올려 다음에 더 큰 작품을 맡길 테니 이번 드라마는 잊어버리자고 위로해 주었다. 촬영장에서 밤새며 고생한 출연자들도 회사의 결정을 용서해 주었다.

결국 드라마 〈조선구마사〉 폐지 사건은 이렇게 일단락되었다. 그 후 회사 내외의 평가는 신속하게 폐지하길 잘했다는 것이 중론이었지만, 나는 지금도 잘한 판단이었는지 잘 모르겠다. 방송을 강행했을 때 어떤 험악한 일이 일어났을지, 아니면 시간이 지나면서 여론이 잠잠해졌을지는 아무도 모를 일이다.

하지만 나는 마지막 순간에 당사자가 아닌 제3자인 시청자 입장이 되려고 애썼고, 내가 뭘 하는 사람인지를 스스로에게 묻고, 최종 결단을 내렸다. 그 사건 이후로 최고 책임자의 판단과 행동이 어떠해야 하는지에 대해 깊은 성찰의 시간을 갖게 되었다.

자신의 생각과 반대로 생각하기

인생은 어차피 오르락내리락하는 것이니 어려움에 처할수록 더 긍정적으로 생각해야 일이 잘 풀리게 된다. 수렁에 빠지면 허우적거리지 말고 일단 빨리 탈출해야 한다. 또한 문제의 근본 원인을 해결하지 않고 미봉책을 쓰는 데 매몰되면 당장은 고통에서 벗어나는 것처럼 보이지만 결국 문제를 더 키우게 된다. 〈조선구마사〉 사건은 내 인생에 있어서 "이 시간 이후 모든 책임은 제가 지겠습니다"라는 말을 한 첫 사례가 되었다. 한 번 말하기 시작했더니 이후에도 심심치 않게 반복되었다.

나는 시청자 비난을 예상하지 못한 모든 관련자들에게 아무 책임도 묻지 않았다. 대신 이번 일을 교훈으로 삼아 같은 실수를 하지 말자고 당부했다. 손실을 벌충하기 위해 모두들 더 열심히 뛰었고, 12월에는 노사 갈등도 정리되어 그해 창사 이래 최대 흑자를 기록했다.

방송은 제작 기한이 정해져 있어서 끝없이 정·반·합을 반복할 시간적 여유가 없다. 어느 순간 결정적인 판단을 해야 하는데, 그때 마음속에서 합에 이른 생각을 마지막으로 주변 사람들의 의견을 더해 최종 '결단'한다. 나와 같이 일했던 사람들은, 이미 결정되었다고 생각했던 사안조차 내가 마지막에 직접 수정·보완하는 것에 익숙해져 있는데, 그 마지막 최종 결단이 바로 '제4의 시각'이다. 이런 과정을 통해 나의 판단에서 실수의 확률을 줄일 수 있었다. 민주국가에서 계엄을 강행한 전직 대통령도 정·반·합과 제4의 시각까지 고려한 과정을 거쳤으면 그런 일을 저지를 확률을 낮출 수 있었을 것이다.

자기 객관화 측면에서 보면 정치를 하는 사람들은 상품을 파는 기업보다 국민의 마음을 가장 알지 못하는 부류에 속하는 듯하다. 누가 봐도 국민들이 싫어하는 걸 골라서 하면서도 사태 파악을 못하는 사람들이 한둘이 아니다. 왜 정치 분야에서 이런 일이 자주 벌어질까. 잘못된 행동을 해도 무조건 지지해 주는 열혈 지지층이 있기 때문이다. 지지층의 환호에 취해서 침묵하는 다수의 목소리가 들리지 않으니, 민심과 동떨어진 말과 행동을 하면서 스스로를 제어하지 못하는 것이다.

게다가 요즘은 정신 똑바로 차리지 않으면 유튜브의 알고리즘에 이끌려 확증 편향이 계속 심화될 수 있어, 자신이 지금 어디에 서 있는지조차 가늠할 수 없는 지경에 이르게 된다.

'내가 이걸 몇 년 했는데 모르겠나' 하는 이 순간부터 대부분 망조가 시작된다. 내가 정치를 몇 년 했는데, 내가 PD

를 몇 년 했는데, 내가 기자를 몇 년 했는데, 내가 이 사업을 몇 년 했는데, 내가 지금 몇 살인데 하는 순간부터 자만심이 자라나고 꼰대가 되어, 결국 자신도 모르게 가야 할 길에서 멀어지게 될 확률이 높아진다. 시작할 때 각도가 1, 2도 틀어지면, 아무도 눈치채지 못하지만 시간이 지날수록 어긋나는 정도가 점점 커지는 것과 같은 이치다.

어떤 분야이든 올바른 판단을 하고 싶거나 성공을 꿈꾸는 사람들은 잠들기 전에 잠시 시간을 내어 그날 했던 중요한 결정들을 다시 생각해 보면서, 이렇게 속으로 말해보면 좋은 효과가 있을 것이다.

'오늘 내가 결정한 것을 내일 아침 정신이 맑을 때 반대 입장에서 한 번 더 생각해 보자.'

이것이 실패할 확률을 획기적으로 줄일 수 있는 객관화의 시작이다.

'남의 장점은 배우고, 단점은 교훈으로 삼자.'
그때 정리한 이 한 문장은 이후로 나의 인생에서
매 순간 많은 영향을 끼쳤다. 인생을 살면서 만날 수밖에 없는
많은 사람들이 모두 나의 스승이라면 이 얼마나 행복한 인생인가.

8

사람 교과서

모두가 나의 스승

5월 15일은 '스승의 날'이다. 가르쳐준 선생님들의 은혜를 일 년에 한 번이라도 생각해 보자는 의미로 만든 날이다. 얼마나 선생님한테 감사할 줄 모르면 이렇게라도 감사의 마음을 갖자는 날이 생겼을까 싶기도 하다.

고등학교까지는 주로 교과서를 통해 지식을 접했다면, 대학 이상 과정에서 인생의 교과서는 '사람'이다. 만나는 사람들과 그분들이 쓴 책들이 모두 나를 만들어 주는 스승이라고 해도 과언이 아니다. 심지어 반면교사°도 훌륭한 스승이다.

° 반면교사(反面教師): 사람이나 사물의 부정적 측면에서 반대의 깨달음이나 가르침을 얻는다는 뜻

학교에서 잠자던 나의 인식 세계를 깨워준 스승 두 분이 있다.

한 분은 김용옥 스승이다. 군대 전역 후 복학했더니 얼마 전 교수로 왔다는 사람이 한복 도포자락을 휘날리며 강의실에서 사자후를 토하고 있었다.

'세상에 이런 교수가 다 있구나.'

그동안 고상하고 진중한 다른 교수님들과는 완전히 다른 30대 중반의 청년이었다. 강의실에서 〈동양학 어떻게 할 것인가〉를 시작으로, 〈절차탁마 대기만성〉을 통해 나의 뇌에 전기 스파크가 일어날 정도로 충격을 주었고, 〈여자란 무엇인가〉 특강으로 완전히 다른 세계로 인도했다. 역사와 철학과 세상에 대한 나의 치기 어린 사고방식을 일순간에 뒤집어 놓은 분이다.

당시 나의 눈에는 어려운 말로 성찬을 벌이던 서양 철학의 거두인 헤겔이나 니체, 하이데거보다 못할 게 없는 분이었다. 그 이후로도 이분의 신간들과 종교에 대한 깊은 통찰의 세계를 접하면서 그나마 무료하고 의미 없을 뻔했던 나의 젊은 시절의 위기를 간신히 넘길 수 있었다.

또 한 분은 제임스 조이스 스승이다. 조이스 연구의 대가인 김종건 교수님 강의실에서 알게 된 그의 작품들은 나에게 제일 먼저 열등감을 안겨주었다. '세상에는 범접할 수 없는 천재들이 있다지만 이건 해도 좀 너무 하네' 할 정도였다. 한 작품에 25개의 언어가 등장하는 《율리시즈》를 읽기도 하고 시험도 봤지만, 지금도 다 이해하지 못할 만큼 난해하다. 그는 김용옥 스승과 더불어 나의 우상이 되었다.

그가 당시의 내 나이쯤에 지은 시● 가운데 한 구절을 달달 외우고 다녔다. 그리고 시 구절처럼 나도 당당하게 살겠다고 다짐하고 또 다짐했다.

I stand, the self-doomed, unafraid, Unfellowed, friendless and alone, Indifferent as the herring-bone, Firm as the mountain-ridges where I flash my antlers on the air.

나는 선다, 스스로 파멸을 택한 자로서, 두려움 없이, 동료도, 친구도 없이 홀로, 청어 뼈처럼 무심하게, 저 산등성이처럼 단단히 서서 나는 허공을 향해 내 뿔을 번쩍인다.

● 제임스 조이스가 22살에 지은 'The Holy Office(성스러운 임무)'. 고독한 예술가의 선언문이라고 할 수 있는 그의 청년기 정신을 상징한다.

스승은 학교에도 있지만 "세 사람이 길을 가면 반드시 스승으로 받들 만한 사람이 있다"[•]는 공자의 가르침도 있듯이, 인생의 스승은 우리 일상에 늘 함께 있다. 중요한 건 그 스승을 알아보는 눈이 있느냐, 없느냐이다. 그 눈이 '인생의 스승'을 만날 확률을 결정한다.

공부를 많이 하고 인격적으로 훌륭한 분들 중에도 스승이 많지만, 일상에서 마주치는 사람들이 오히려 큰 울림을 줄 때가 많다. 방송일이라는 것이 매일 사람을 만나는 일이라고 해도 과언이 아니다. 교양, 예능, 편성, 드라마의 책임자를 두루 거치면서 뛰어난 창작자들과 유능한 동료들, 존경받는 기업인들을 만날 수 있었던 것은 내게 큰 행운이었다. 인생 친구가 된 이분들은 한 사람 한 사람이 다른 이들은 흉내 낼 수 없는 장점을 가진 나의 스승들이다.

SBS에서 자주 접했던 셀럽들 위주로 인생 스승의 예를 들자면, 먼저 배우이자 〈그것이 알고 싶다〉를 진행하는 김상중 씨다. 환갑 나이임에도 마음도 몸도 젊음을 유지하며

• 삼인행필유아사(三人行必有我師): 세 사람이 길을 가면 반드시 스승으로 받들 만한 사람이 있다. 《논어》 '술이편'

하루 한 끼 정도만 먹을 정도로 자기 관리에 철저하다. 평소에는 아재 개그를 화려하게 구사하며 주변 사람들을 즐겁게 해준다. "그런데 말입니다"의 원조로서, 프로는 자기 관리를 어떻게 해야 하는지를 몸소 보여준 스승이다.

나이는 나보다 한참 어리지만, 배성재 아나운서도 나의 스승이다. 아무리 발음하기 어려운 외국 선수의 긴 이름도 한 번 보고 빠르고 유창하게 말할 수 있는 스포츠 중계의 달인이다. 그의 남모르는 노력을 알기에, 왜 그에게만 기회를 주느냐는 볼멘소리에도 흔들리지 않고 그에게 기회를 주었다. 어떤 악조건에서도 불평하지 않는 그의 현재 위치는 순전히 자업자득이다.

남 웃기는 직업이라 전혀 스승처럼 보이지 않을 것 같은 예능인들 중에도 스승이 있다.

먼저, 최장수 국내 MC 중 한 명이자 국민 MC 반열에 오른 신동엽 씨를 말하지 않을 수 없다. 지금까지 방송 생활하면서 그를 싫어하는 주변 연예인이나 제작진은 한 명도 못 만나봤다. 이것만 봐도 그의 인성을 짐작하게 한다. 어떠한 상황에서도 인상 찡그리는 법이 없고, 자신은 스트레스도 잘 안 받는다고 말할 정도다.

술만 좀 줄이면 은퇴하지 않고 우리 곁에서 계속 웃겨줄 것 같다. 나보다 열 살 어리지만 위로 올라갈수록 겸손해져야 한다는 것을 가르쳐준 스승이다.

한 사람만 더 든다면 강호동 씨다. 2009년 예능국장 시절, 첫 방송부터 높은 시청률과 함께 오랜 기간 회사에 많은 수익을 가져다주었던 토크쇼 〈강심장〉의 첫 녹화를 며칠 앞두고, 그와 소주잔을 앞에 놓고서 고민을 토로하고 있을 때다. 이승기 씨를 섭외하면 좋을 것 같아 몇 차례 접촉했는데도 소속사에서 계속 거절한 것이다. 이젠 어쩔 수 없다고 이해를 구하려는데, "형님, 한 번 더 밀어 보이소" 하고 강호동 씨가 나의 자존심을 건드려 주었다.

그날 이후 편성본부에 방송시간을 바꿔 달라고 삼고초려를 해서 관철시키고, 다시 소속사 대표를 만나 설득할 힘을 얻게 된 건 그의 "한 번 더 밀어 보이소" 이 말 덕분이다. 나는 그의 가르침을 지금까지도 마음에 새기고 있다. 일이 벽에 부딪힐 때마다 속으로 '그래, 호동이 말대로 한 번 더 밀어 보자'고 다짐한다. 이 소중한 한마디를 해준 강호동 씨도 내 인생의 스승이다.

장점은 배우고 단점은 교훈으로

MBC 조연출 시절에 이런 일이 있었다. 어떤 선배는 같이 일하는 후배들의 칭찬을 받고, 어떤 선배는 욕을 먹는데, 신입인 내 눈엔 그게 참 이상하게 보였다. 심지어는 같이 일하고 나서 선후배 사이에 원수지간이 되는 경우도 있었다. 후배들에게 욕을 먹는 선배들을 유심히 관찰해 보니, 왜 그런 평가를 받는지는 알 것 같았다. 하지만 분명 그들 역시 남들이 쉽게 갖기 어려운 장점들을 지니고 있다는 사실이 내 눈에는 보였다. 그때 이런 생각을 하게 되었다.

'다른 사람의 장점은 따라 배우면 되고 단점은 교훈으로 삼으면 아무 문제가 없지 않을까. 원수가 될 필요가 뭐 있지?'

이런 생각을 하니, 그다음부터는 같이 일하는 사람들의 장점과 단점이 확연히 보이기 시작했다. 그리고 남의 단점을 닮지 않는 것이 장점을 배우는 것보다 훨씬 중요하다는 사실도 알게 되었다.

'남의 장점은 배우고, 단점은 교훈으로 삼자.' 그때 정리한 이 한 문장은 이후로 나의 인생에서 매 순간 많은 영향을 끼쳤다.

간혹 갑질을 해대는 사람을 보면 '죽어도 저런 짓은 하지 말아야지' 하게 되는데, 그 순간 그의 단점이 공짜로 나의 장점으로 바뀌는 것이다.

인생의 새 출발을 하는 신입사원들한테 임명장을 주는

자리에서도 "여러분 앞에 서 있는 임원들의 장점은 그대로 따라 하고, 단점은 교훈으로 삼으면 앞으로 회사 생활 잘해 나갈 수 있을 겁니다"라는 말을 자주 했다.

세상에는 남의 부정적인 면을 주로 들추어내어 공격하는 사람들도 많지만, 나는 사람들의 긍정적인 면을 주로 보려고 노력한다. 모두가 불가능에 가까운 확률을 뚫고 태어난 소중한 분들인데, 어찌 나쁜 면만 있을까. 훌륭한 사람들만 스승이 될 자격이 있는 것이 아니라, 아무리 문제가 많은 사람도 적어도 한두 개의 장점은 갖고 있는 법이다.

멀리서 찾을 필요도 없이, 가족도, 친구도, 직장 동료도, 선후배도 그들의 장점은 배우고, 단점은 반면교사로 삼으면 누구나 나의 스승인 셈이다. 그런 면에서 훌륭한 사람보다 문제가 많은 사람이 어떤 면에서는 더 큰 스승일 수도 있다. 큰 실수를 면할 수 있게 해주기 때문이다.

인생을 살면서 만날 수밖에 없는 많은 사람들이 모두 나의 스승이라면 이 얼마나 행복한 인생인가.

고등학교까지는 주로 교과서를 통해 지식을 접했다면
대학 이상 과정에서 인생의 교과서는 '사람'이다.
만나는 사람들과 그분들이 쓴 책들이 모두
나를 만들어 주는 스승이라고 해도 과언이 아니다.
심지어 반면교사도 훌륭한 스승이다.

인재를 제대로 알아보고 대접을 잘해 주는 회사에는
금방 표시는 나지 않지만 우수한 인재들이
모이게 되고, 고 이건희 회장의 말처럼
이들 중 인재 1명이 10만 명을 먹여 살릴 수 있게 된다.

9

대체 불가능한 인재가 되는 방법

뛰어난 인재가 되는 비결

회사든, 어떤 조직이든 여럿이 모여 일을 하는 곳에는 반드시 꼭 필요한 사람이 있다. 그 사람은 다른 사람으로 대체하기 곤란하다. SBS 프로그램 〈생활의 달인〉에 출연하는 분들도 규모는 작지만 그곳에서 대체 불가능한 사람들이다. 축구 국가대표팀을 생각하면 현재는 손흥민 선수 같은 사람이다. 말 그대로 '대체 불가능한 인재'인 것이다.

최고 의사결정권자가 갖추어야 하는 가장 중요한 덕목은 아랫사람이 대체 불가능한 인재인지, 대체 가능한 사람인지를 알아보는 안목이다. 유니폼 입은 겉모습은 모두 비슷해 보이지만, 막상 휘슬이 울리고 경기가 시작되면 확연히 드러나듯이 대체 불가능한 인재는 보통 사람들과는 다른 세계에 살고 있는 사람이라고 해도 과언이 아니다. 이들에게는 대우도 잘해 줘야 하고, 다른 곳으로 이적하는 것도 막아야 경쟁력이 지속될 수 있다.

40년 가까운 방송 인생을 살면서 직접 경험하고 눈여겨본 대체 불가능한 인재들의 특징이 있다. 누구나 쉽게 도달할 수 있는 경지는 아니지만, 누구나 신경 쓰고 노력하면 이런 인재가 될 수 있다. 그들은 다음 네 가지 부류에 속하는 사람들이다.

첫째, '불평하지 않는 헝그리 정신이 있는 사람'이다.

헝그리 정신이 우리에게 유행하기 시작한 건 히딩크와 스티브 잡스 덕분이기도 하다. 월드컵 16강에 진출하고도 "I'm still hungry(나는 아직도 배고프다)"라고 말한 히딩크와 대학 졸업식장에서 "Stay hungry, Stay foolish(항상 헝그리 정신을 갖고, 스스로를 부족하다고 생각하라)"라고 주문한 스티브 잡스가 큰 울림을 주었다. 나는 여기에 더해 '불평하지 않는 헝그리 정신'을 말하고 싶다. 새로운 역사를 쓴 대부분의 프런티어들은 불평할 시간이 없는 사람들이었다. 불평할 시간에 행동으로 옮겼다.

둘째, '고객이 필요로 할 것을 미리 알아채는 사람'이다.

고객의 니즈를 먼저 파악하는 능력이 있으면, 세상에 실패할 사람은 없을 것이다. 그러면 어떻게 그런 능력을 키울 수 있을까. 무엇보다 '자기 객관화'가 먼저 되어야 한다. 앞서 얘기한 대로 제4의 시각까지 넓히는 객관화가 무엇보다 필요하다.

대부분 생산자보다 소비자가 백 배 똑똑하다. 식당의 음식 평판은 고객이 결정하는 것이지, 음식 전문가나 주방장이 결정하는 것이 아니다. 주방장은 음식에 대한 전문성이 높고, 자신이 만든 음식에 대해 프라이드가 강한 사람인데, 바로 여기에 함정이 있다. 자신이 만든 음식 맛에 익숙해져서 고객들이 느끼는 객관적인 입맛을 판단하기가 점점 어려워지는 것이다.

TV에 자주 나오는 유명 셰프의 식당에 가서 음식을 먹어 보곤 깜짝 놀란 적이 있다. 음식의 모양은 화려했지만, 그는 자신의 음식이 얼마나 짠지, 싱거운지도 잘 모르는 것 같았다. 나같이 음식에 조예가 없는 보통 사람들은 한 입만 먹어 봐도 짠지 싱거운지, 맛이 있는지 없는지 단박에 안다. 생산자로서 소비자의 마음에 근접하도록 생각의 스펙트럼을 확장할 줄 아는 사람, 그런 사람이 대체 불가능한 생산자이다.

셋째, '누구나 보던 것을 다르게 볼 줄 아는 사람'이다.

과거의 역사를 돌아봐도 획기적인 발견이나 발명, 혹은

창의적인 행위들은 하늘에서 갑자기 떨어져서 한 사람 눈에만 보였던 것이 아니다. 이미 다른 사람들도 다 보던 것을 어느 한 사람이 다른 면을 보고 발상의 전환을 하여 찾아낸 것들이 대부분이다.

〈아바타〉를 감독한 제임스 카메론 감독도 수많은 사람들이 매일 쳐다보는 바다에서 영감을 떠올려, 영화 〈타이타닉〉을 만들었고, 중국의 장가계 같은 관광지를 갔다가 아바타의 무대를 구상했다고 한다. 그는 호기심도 많아서 세계에서 가장 깊은 심연인 마리아나 해구를 인류 최초로 1인 잠수정 '딥씨 챌린저호'를 타고 단독으로 탐험했다. 탐험 과정을 다큐멘터리로 제작해 공개한 것이 〈딥씨 챌린지(Deepsea Challenge)〉다.

그의 작품들을 보면서 나는 '창의력도 습관에서 나오는 것'이라 생각하게 되었다. 사물이나 현상을 볼 때 습관적으로 다르게 생각하려는 사람들한테는 늘 인생의 새로운 장이 열린다.

넷째, '평소 하는 일의 30퍼센트는 남이 모르는 노력을 하는 사람'이다.

세상에 공짜로 주어지는 운은 없는 듯하다. 운이 좋아 보이는 사람들은 실제로는 남들 눈에 띄지 않더라도 누구보다 많은 노력을 기울인다. 같은 시기에 입사한 동기들이 시간이 흐르며 실력 차이를 보이는 이유도 우연이 아니다. 그 차이는 누군가는 '남이 모르는 노력'을 하고 있기 때문이다.

큰 특종을 하거나 프로그램을 대박 내는 사람들 역시 마찬가지다. 겉으로는 쉽게 성공한 것처럼 보이지만, 남들의 눈에 띄지 않는 자리에서 더 많이 고민하고, 더 특별한 노력을 해 온 사람들이다.

특히 간부급으로 지위가 올라갈수록, 회사에서의 평소 업무 외에 남이 모르는 별도의 노력을 해야 특별한 성과를 낼 수 있다. 내 생각에는 그 '남들이 모르는 추가 노력'이 최소한 30퍼센트 정도는 되어야, 그가 속한 조직이 남다른 성과를 만들어 낼 수 있다.

모두가 아는 일상적으로 주어진 업무만 수행하면서 윗사람에게 잘 보여 리더의 자리에 오른 경우라면, 회사가 호황일 때는 그 한계가 잘 드러나지 않는다. 그러나 예상치 못한 위기가 닥쳤을 때는 문제를 돌파해 내기가 쉽지 않다.

내가 운이 좋았던 것은, SBS 사장이 된 첫해부터 7년의 재임 기간 내내, 이전에는 경쟁사들을 한 번도 이겨 보지 못했던 이른바 3대 경영지표에서 성과를 낼 수 있었다는 점이다. '프라임타임 2049 시청률[*]', '광고 매출', '영업이익' 부문에서 지상파, 종편, 케이블을 포함한 전 매체 가운데 지속적으로 압도적인 1위를 기록했다. 사장이 잘해서였을까? 양심에 손을 얹고 말하자면 아니다. 그 비결은 어쩌면 아주 간단한 데 있었다.

실력자들을 다루는 법

불평하지 않는 헝그리 정신을 가진 사람들, 고객의 니즈를 파악하는 혜안을 갖고 있는 사람들, 같은 것을 봐도 뭔가 다르게 생각하려는 사람들, 그리고 남들이 보지 않는 곳에서 30퍼센트 더 노력하는 사람들을 '실력과 인성'만 보고 발탁했기 때문이다. 그리고 그들이 마음껏 일할 수 있도록 시간을 충분히 주고, 대접을 잘해 주었다. 그러면 그들이 스스로 일을 찾아다니며 최선을 다했고, 결과는 잘되게 되어 있다고 믿으며 나도 앞장서 뛴 것뿐이었다.

지적 수준이 높고 유능한 사람들을 관리하는 방법은 조이고 줄이고 압박하는 것이 능사가 아니다. 그들의 수준에 맞게 대접을 잘해 주고 신나게 일할 수 있는 환경을 만들어

---

* 20세에서 49세까지의 시청률. 광고 구매력의 핵심 지표.

주는 것이다. 공부 잘하는 아이를 계속 잘하게 만드는 것은 매일 잔소리하는 데 있는 것이 아니라, 믿어 주고 밀어 주며 가끔은 공부를 좀 그만하고 쉬라고 말해 줄 줄도 아는 데 있다. 지휘관들이 후방에 앉아 전방의 군인들 사기를 떨어뜨려 놓고 전투에서 이기길 바란다면, 우리는 그들을 뭐라고 표현해야 할까.

인재를 제대로 알아보고 대접을 잘해 주는 회사에는 금방 표시는 나지 않지만 우수한 인재들이 모이게 되고, 고 이건희 회장의 말처럼 이들 중 인재 1명이 10만 명을 먹여 살릴 수 있게 된다. 오늘의 삼성뿐 아니라 글로벌 기업들은 이런 인재들이 모여 만든 것이라 해도 과인이 아니다.

주변에서 위기를 겪는 기업들을 보면 대개 비용을 줄이는 데 집착하는 모습을 보게 된다. 비용을 줄이는 것이 겉으로는 위기에 잘 대처하는 것처럼 보이지만, 과하면 모자라는 것과 같다. 처음에는 어느 정도 효과가 있지만, 이런 분위기가 지속되면 오히려 위기를 가속화하게 된다.

특히 일을 제대로 해 보지 않은 사람들이 주도권을 잡고 비용 절감을 추진하면, 필요한 비용까지 마구 줄이게 된다. 보직도 줄이고, 조직 규모도 축소하며, 꼭 필요한 비용까지 깎아, 겉으로는 경영을 효율화하는 것처럼 보이지만 실제로는 정반대의 결과가 나타난다.

직장인들에게는 그 어떤 것보다 심리적 안전감(Psychological Safety)이 중요하다. 내가 열심히 일하면 직장이 나의 미래를 보장해 줄 것이고, 내가 어떤 의견을 제시하더라도 나에게 손해가 오지 않는다는 믿음이다. 창의적인 일일수록 사람이 하는 것이고 애사심이 모여 시너지를 내는 법인데, 사기가 떨어지면 가장 중요한 것들을 놓치게 된다.

겉으로는 표시가 나지 않지만, 회사의 평판이 나빠지면 미래에 회사를 먹여 살릴 새로운 인재도 들어오지 않는다는 점이 가장 치명적이다. 근시안적인 조직의 의사결정자들은 대체 불가능한 인재를 알아보는 혜안도 부족할 뿐 아니라, 아낀 비용보다 유능한 인재를 다른 곳으로 빼앗기는 것이 더 큰 손실이라는 것도 헤아리지 못한다. 윗사람들이 눈앞의 이익에만 집착하는 모습을 보이면, 기존 구성원들의 의욕과 열정도 차갑게 식어 버린다. 어떻게 그렇다고 단정할 수 있느냐고 누군가 반론을 제기한다면, 신입사원부터 시작해 40년 정도 회사 생활을 해 보면 자연스럽게 알게 될 확률이 높아진다고 말할 수밖에 없다.

이런 당연한 사실을 깨닫지 못하면 늘 오늘보다 내일이, 올해보다 내년이 더 힘들고, 안타까운 일들이 이어질 수밖에 없다.

비결은 아주 간단한 데 있었다.
불평하지 않는 헝그리 정신을 가진 사람들
고객의 니즈를 파악하는 혜안을 갖고 있는 사람들
같은 것을 봐도 뭔가 다르게 생각하려는 사람들
그리고 남들이 보지 않는 곳에서 30퍼센트 더 노력하는 사람들을
'실력과 인성'만 보고 발탁했기 때문이다.
그리고 그들이 마음껏 일할 수 있도록 시간을 충분히 주고
대접을 잘해 주었다. 그러면 그들이 스스로 최선을 다했고
결과는 잘되게 되어 있다고 믿으며 나도 앞장서 뛴 것뿐이었다.

이게 가능할까 하고 목을 걸고 직언했는데,
거짓말처럼 아무 일도 일어나지 않았다.

10

목을 걸고 하는 직언자의 생존 확률

벽을 눕히면 다리가 된다

2016년 말 사장에 취임하고 얼마 지나지 않아 목을 걸고 직언했던 잊을 수 없는 기억 하나가 있다. 당시 그룹 회장으로서 경영을 직접 총괄하던 창업 회장님을 찾아갔다. JTBC가 태블릿 PC 특종의 여파와 앵커의 유명세에 힘입어 보도 부문에서 압도적인 시청률 1위를 하고 있었다. 보도 경쟁력과 신뢰도에 대해 현재 상황을 간단히 보고드린 후,

"회장님, 저희 보도가 1등 하는 걸 원하시는 거죠?"

라고 다소 생뚱맞은 질문을 했다.

"뭔 소리야, 당연하지. 우리 보도가 지금 이 정도 성과를 내는 건 말이 안 되지. 빨리 역전시켜야지."

당연히 예상했던 답이다.

"우리 보도가 1등 하는 걸 정말 원하신다면 방법이 있기

는 합니다.”

“그게 뭔데? 그럼 당장 해야지.”

“그러면 앞으로 회장님이 주재하시는 회의에 보도 간부들이 참석하지 않도록 하겠습니다.”

순간 회장님의 안색이 확 변하는 게 눈에 보였다.

“박 사장은 지금 나 때문에 보도가 잘 안 된다는 거야?”

항상 평상심을 유지하던 회장님이 갑자기 언성을 높였다.

방송사 사장 시켜 놨더니 대주주한테 보도에서 손 떼라고 도발하는 건 목을 길게 내뻗고 내 목을 잘라 주십시오 하는 자해 수준이라고 해도 무방할 것이다. 나도 찍힐 것을 각오하고 직언을 작심한 터라, 여기서 기에 눌리면 말을 꺼내지 않은 것만도 못한 상황이었다.

나의 논리는 이랬다. ‘보도 부문이 회장님 눈치를 보는 한 자생력이 생길 수 없다. 지금 잡고 있는 보도의 추를 놓으면 잠시 동안은 추가 좌우로 왔다 갔다 하면서 다소 혼란기를 겪겠지만, 결국 추는 가운데에서 중심을 잡게 될 거다. 그때까지 참고 기다려야 보도가 균형을 잡을 수 있고, 신뢰도도 높아지고, 시청률도 1등 할 수 있다. 지속적으로 1등을 하는 방법은 이 길밖에 없는 것 같다.’

이런 논리를 펼치자 아버지뻘 되는 회장님이 어이가 없

어 하면서 농담 반 욕을 하였다.

"이 새끼가 말은 잘하네. 하하하."

어차피 사장은 시켜놨고, 마음에 안 든다고 며칠 만에 목을 칠 수는 없는 노릇이었다. 이 시기를 놓치면 끝이라는 절박감이 나를 계속 밀어붙였다.

'한 번 더 밀어 보자.'

보도를 살리겠다는 의지를 굽히지 않자, 몇 가지 추가 질문으로 나의 계획을 자세히 떠본 후 회장님이 단칼에 결론을 내렸다.

"그럼, 어디 자네 맘대로 한번 해봐."

언론사 사주가 보도에서 손을 뗀다는 건 과거에도 요즘에도 관행상 쉬운 결정은 아니다. 이게 가능할까 하고 목을 걸고 직언했는데, 거짓말처럼 아무 일도 일어나지 않았다. 회사를 창업한 회장님의 애사심은 내가 생각했던 것보다 훨씬 깊다는 것도 알게 되었다.

그날 이후, 회장님 보고에 보도 부문을 빼고, 사장이 매일 3시에 하던 보도본부장과의 티미팅도 폐지했다. 다만 사장으로서 방송 사고에 대비할 수 있도록 중요한 뉴스에 대한 최종 게이트키핑만 하겠다고 통보했다.

보도가 자체적으로 보도의 가치를 판단하여 스스로 결정하고, 정론만 펼치기로 확고하게 방향을 세웠다. 하지만 사전에 팩트 체크가 제대로 되지 못해 부끄러운 시행착오들도 거쳐야 했고, 보도본부의 집단지성을 키워서 공정 보도를 할 수 있는 문화를 새로 만드는 데는 시간도 꽤 필요했다.

보도 공정성의 가장 큰 적은 정권 교체에 따라 정치적 시각이 왔다 갔다 하는 주체성 없는 태도이다. 우리는 할 말은 제대로 하면서도 팩트에 충실하고 균형 잡힌 방송사라는 이미지를 얻는 데 모든 역량을 집중했다. 처음엔 기자들의 성향에 따라 다소 혼란도 겪었지만, 인내하며 기다리자 똑똑한 기자들 사이에서 공정 보도에 관한 공감대가 형성되면서 점차 경쟁력이 올라가기 시작했다.

끈기 있게 계속 밀어붙이자 드디어 메인 뉴스의 신뢰도 지수가 상승하고, 2049 시청률에서 전 채널 1등을 하기 시작했다. 시청률 1등보다 기분 좋았던 건 외부 사람들을 만날 때 "다른 채널은 너무 편향되어 있어서 뉴스는 요즘 SBS만 본다"는 말을 들었을 때였다. 공짜로 이런 일이 생겼을 리 없다. 진보와 보수 양쪽으로부터 쏟아지는 불만들을 보도본부 구성원들과 함께 온몸으로 막으며 꼬박 3년이라는 시간을 투여한 대장정의 결과였다.

2023년 초 SBS에 보도 부문 총괄부사장이 생기면서 나는 보도에서 완전히 손을 뗐다. SBS에서 퇴임하고 SBS 지주회사와 자회사인 스튜디오로 자리를 옮긴 이후 지난 2년 동안 내부에서 어떤 일들이 벌어졌는지는 알지 못한다. 하지만 계엄령 사태 같은 예측 불가의 상황이 전개되고, 국민들의 기대에 미치지 못하면서 다시 10년 전의 성적으로 회귀했다는 건 안타깝지만 모두가 아는 사실이다.

지금도 늦지 않았다고 생각한다. 수습은 상황을 정확히 인식하는 것으로부터 출발해야 하고, 위기 돌파를 위해 정공법이 아닌 방법을 동원한다면 수렁에 더 깊이 빠질 수 있다. 만회하겠다고 어느 한쪽 편을 들어서는 악순환이 반복될 뿐이다. 정말 다시 1등을 하고 싶다면 조급해하지 말고 3년쯤 걸린다 생각하고 정론직필*에 모든 걸 거는 게 순리이다.

미국의 흑인 인권운동가이며 여성의 권리, 사법개혁을 위해 활동하는 학자인 안젤라 데이비스라는 여성이 있다.

---

* 정론직필(正論直筆): 사실을 그대로 전하고 올바른 비판을 하는 언론의 책무

그녀가 말한 "벽을 눕히면 다리가 된다"라는 말을 사장 시절에 건배사로 자주 사용하였다. 개혁하겠다고 벽을 부수는 것이 아니라 잘 눕혀야 모두가 건널 수 있는 다리가 되는 것이다.

조직 생활을 하는 사람들은 조직이 마음에 들지 않으면 다른 길을 선택하든지, 열심히 일하면서 바꾸든지 둘 중 하나는 하는 게 좋다. 여기 있으면서 다음 갈 곳도 생각하고, 눈치를 보며 일하는 것은 불행한 일이다. 여기에서 최선을 다해야 다음에 갈 곳도 생긴다. 직장인은 일에서 행복을 느껴야지 일은 대충하고 여행 자주 간다고 행복해지지 않는다.

조직이 마음에 들지 않는데 속절없이 머물며 스트레스를 이고 살면 병이 생길 수 있다. 중간에 타협한 경우도 있지만, 나는 주로 바꾸는 쪽을 선택했다. 침묵할지, 바꿀지는 각자의 몫이다. 하지만 변화를 두려워하기엔 한 번뿐인 우리 인생이 너무 소중하다.

좋아하는 영어 문구 가운데 'Hidden Price(숨겨진 가격)'라는 말이 있다. 겉보기에는 5천 원짜리로 보이는 정크푸드에는 보이지 않는 숨겨진 가격표가 붙어 있다. 이 음식을 자주 먹으면 비만과 병에 걸릴 확률을 높이게 되고, 그 질병의 종류에 따라 나중에 지불해야 할 가격이 천만 원이 될 수도 있고 그 이상이 될 수도 있다. 우리 인생에서 하는 모든 의사결정 행위에는 이 숨겨진 가격표가 붙어 있다. 그러면 어떻게 행동해야 하는지 길이 보인다. 되돌아보면, 보이지 않는 가격표를 없애는 결단을 했던 경험들이 대부분 현명했다.

007의 의미가 원하는 곳에서 원하는 순간
살인을 할 수 있는 면허가 있다는 뜻이라는 걸 잘 알지 않느냐.
당신이 나에게 사장이 된 기념으로 내가 원하는 순간
언제든지 사표를 낼 수 있게 '사표 면허'를 줬으면 좋겠다.
나중에 말해 주겠지만, 사전에 상의는 안 하겠다.
사표 면허 없으면 사장 역할을 제대로 못할 것 같다….

11

사표 면허

일관성이 중요한 이유

조직 생활을 하다 보면 위아래 눈치를 보게 되는 건, 정도 차이야 있겠지만 모두에게 공통된 운명과 같다. 하지만 리더의 자리에서 눈치를 보는 것은 개인의 문제에 국한되지 않는다. 조직의 발전을 지연시키고, 발목을 잡는 결과로 이어질 수 있다. 그렇게 되지 않기 위해서는 적어도 평소의 태도가 일관성이 있어야 한다. 쉬운 말로 여기서 한 말과 저기서 한 말이 같아야 한다.

2011년에 경험한 인상적인 사건이 있다. 회사가 여의도에서 목동 신사옥으로 이전하고, 근무 공간은 금연빌딩으로 지정되었다. 그런데 이후에도 7년이 넘도록 편집실 내 흡연이 근절되지 않아서 총무팀에서 골머리를 앓고 있었다. 특히 심야 작업을 많이 하는 편집실에서는 감시하는 사람도 없다 보니 다음 날 가 보면 담배꽁초들이 일회용 컵들에 수북했다. 그렇다고 사생활 침해 소지가 있는 CCTV를 편집실마다 설치할 수도 없었다. 흡연 증거물들의 사진을 찍어 공개하고, 아무리 경고를 해도 바뀌는 것이 없었다.

내가 제작본부장이 되자 시설 책임자가 찾아와 제작진의 편집실 내 금연에 협조해 달라고 읍소를 했다. 얘기를 듣다가 아이디어가 번쩍 떠올랐다. 내가 해결해 줄 테니 지켜보라고 하고는 직접 게시물을 작성해 편집실마다 부착했다.

게시물 내용은, 편집실 내 흡연이 화재 위험은 물론 기계 고장의 원인이 될 수 있으므로 금연에 협조해 달라는 점잖은 문구로 시작되었으나, 이를 이행하지 않을 경우 발생할 수 있는 불이익을 체감할 수 있도록 구체적으로 적시하였다.

흡연자를 반드시 추적해 다음과 같이 조치하겠습니다.
1. 내부 제작진: 1회 경고, 2회 인사평가 1등급 강등.
2. 외부 제작진: 1회 경고, 2회 교체 통보 및 외부 제작진 관리 소홀에 대한 내부 연출자 인사평가 1등급 강등.

이후 어떤 일이 벌어졌을까. 협조 안내문을 편집실마다

부착한 이후로는 편집실에서 담배를 피우는 사람들이 감쪽같이 사라졌다. 처음엔 나도 긴가민가했지만, 7년을 끌어온 고질적인 관행도 한순간에 사라질 수 있다는 사실을 확인할 수 있었다. 엄격한 규정도 자극이 되었겠지만, 더 중요한 건 다른 사람이면 사정을 적당히 봐 줄 수도 있겠지만, 저 인간은 분명 예외 없이 실행할 것이라는 사실을 제작진 모두가 너무나도 잘 알고 있었던 것이다.

목을 걸면 운이 찾아온다

2010년부터 2015년까지, 운 좋게도 매년 보직이 바뀌다시피 하며 편성, 제작, 드라마의 책임자를 두루 거치게 되었다. 보도와 경영, 기술 파트를 제외하고 회사의 경쟁력과 수익 창출의 중심 부서들을 모두 경험하게 된 것이다. 가는 곳마다 난생처음 해 보는 당혹스러운 경험들도 많이 했지만, 다행히 재임 기간 직원들이 잘 협조해 주었고 성과도 나쁘지 않아 2015년 말에는 제작과 편성을 총괄하는 부사장이 되었다.

당시는 방송 광고시장이 가파른 하향곡선을 그리며 방송사마다 적자로 신음 소리가 절로 새어 나오던 시기였다. 지상파는 이제 사양 산업이라는 말까지 나오며 회사 안팎의 분위기가 뒤숭숭했다. 연말에 100억 가까운 영업적자가 예상되기도 했다. 무엇보다도 먼저 광고매출 확대가 절실했고, 경쟁사들에 비해서도 광고매출이 연간 수백억 적은 상황이었다.

대책을 고민하다, 10월에 목을 건 중대한 결심을 하게 되었다. 지상파 방송사는 광고 효과가 좋은 중간광고를 하지 못하게 방송법 시행령으로 규제를 받던 상황이었다. 편성실과의 숙고 끝에 내가 총대를 메기로 결심했다. 70분 이상 되는 프로그램을 1, 2부로 분할하여 중간에 '프리미엄 CM 구간(PCM)'을 만들어 밀어붙이기로 한 것이다.

나의 논리는, 방송법상 편성에 관한 권한은 방송사에 있으므로 프로그램을 반으로 자르든, 삼등분하든, 그건 방송사가 알아서 할 일이지 이것은 외부에서 간섭할 사안이 아니고, 생존 위협 상황을 타개하기 위한 고육지책이라는 입장이었다. 그리고 전 세계에서 방송 중간광고를 못 하게 하는 나라는 우리나라 지상파를 제외하고는 하나도 없었다.

지상파의 중간광고가 지속적으로 규제된 주된 이유는 겉으로는 시청자의 시청 불편을 이유로 들었지만, 실제로는 중간광고 허가 여부가 정부가 지상파에 각종 압력을 행사하는 데 더없이 효과적인 수단이었기 때문이다. 정권을 잡기 전에는 진보, 보수 모두 광고제도 개선을 약속했지만, 정권을 잡은 후의 결과는 늘 마찬가지였다. 나는 수시로 말을 바꾸는 정치권을 믿고 전근대적인 광고 제도가 개선되기를 기다리는 것은 무의미하다고 판단했다. 마침 그 무렵, 지상파 광고 매출은 급전직하로 떨어지기 시작했다.

2016년 10월, 창업 회장님을 비롯한 경영진이 모인 자리에서 작심을 하고 다음과 같은 보고를 했다.

"회장님, PCM을 도입하겠습니다. 잘못되면 제가 책임지겠습니다."

"부사장이 어떻게 책임지겠다는 건가?"

일순간 참석자들의 시선이 모두 내게 쏠렸다. 지금 당장 조치를 취하지 않으면, 광고매출 하락 추세로 보아 회사의 경영은 급격히 어려워질 것이고, 내가 제작, 편성총괄 대표이사이니 일이 감당할 수 없는 수준까지 전개될 경우 물러나겠다고 밝히며 배수의 진을 쳤다.

참석한 경영진의 우려가 쏟아졌지만, 회사는 결국 이 계획을 허락해 주었고, 세상에 없던 PCM을 본격적으로 시행할 준비에 착수했다. 편성실장으로 하여금 KBS와 MBC의 편성책임자를 직접 찾아가 지상파 3사가 PCM을 같이 하자고 설득하라고 했는데, 예상했던 대로 두 방송사 모두 난색을 표했다. 공영방송들이 정부의 방침에 정면으로 맞서는 건 쉽지 않았을 것이다.

거대한 벽을 눕혀야 하는 외로운 싸움이 시작되었고, 난관은 한두 가지가 아니었다. PCM을 도입할 첫 프로그램부터가 문제였다. 당시 가장 인기 있던 〈K팝 스타〉를 새 시즌부터 일요일 밤 10시대로 옮기고, 2부로 분할해 중간에 약 90초의 광고를 삽입하겠다는 계획을 밝히자, 담당 PD가 울상이 되어 득달같이 내 방으로 뛰어 올라왔다.

"선배님, 저한테 왜 그러시는데요. ㅠㅠ."

"걱정하지 마. 시청률 절대 안 떨어져."

"90초면 채널 다 돌아갑니다. 상대 프로들은 드라마예요."

PD는 눈물을 글썽이며 불가하다는 주장을 굽히지 않았다.

"글쎄, 〈K팝 스타〉 정도면 안 떨어진다니까. 내가 편성을 좀 해 봤잖아. 날 믿어줘."

시청률 떨어지면 내가 당장 자리에서 물러나겠다고 큰소리치며 담당 PD를 어르고 달래서 보냈는데, 이 정도는 일도 아니었다.

내부의 우려대로, 유사 중간광고를 편법으로 한다며 방송통신위원회로부터 심각한 압력이 들어오고, 거의 모든 신문들과 인터넷 매체들이 사설과 특집기사로 일제히 비난을 쏟아냈다. 하지만 방송법에 저촉되는 것은 아니었기에, 계속 밀어붙였다. 회사도 버텨주었다.

다행히 〈K팝 스타〉는 예상대로 과거 시즌보다 시청률이 더 올랐다. 게다가 똑똑한 직원들의 노력 덕분에 그해 창사 이래 처음으로 TV 프라임 타임 2049 시청률이 전 채널 중에서 1등을 하기 시작했다. 라디오도 1등을 이어 갔다.

그해 12월, 대표이사 사장이 되었다. PCM 도입과 적극적인 영업 활동에 힘입어 취임 첫해부터, 과거에는 지상파 경쟁사들을 단 한 번도 앞서지 못했던 광고매출이 경쟁사들 대비 연간 8백억 원 이상 앞서기 시작했다. 놀란 경쟁사들이 뒤늦게 PCM을 서둘러 도입했지만, 이후에도 그 격차는 좀처럼 줄어들지 않았다.

2020년 9월에는 내 외부의 반대를 무릅쓰고 그동안 자제해 오던 메인 뉴스에도 PCM을 도입했다. 이미 종편에서는 중간광고를 시행하고 있었고, 어느 나라에도 이런 규제는 없다는 것이 명분이었다. 줄곧 PCM 폐지를 종용하던 방송통신위원회는 2021년 7월 1일부터 중간광고를 허용하였다. 1973년 중간광고가 폐지된 이후 지상파의 48년 숙원 사업이 해결된 것이다.

사장만이 할 수 있는 일

사장이 되자마자 제작본부장 시절의 금연 성공 사례와 부사장 시절의 경험들을 떠올리며 더 큰 문제들에 도전하기로 했다. 공정 보도를 위해 기존 보고 체계를 바꾸는 것을 시작으로, 우리 사회 전반에 뿌리내려 있는 학연과 지연이라는 내 편 챙기기 문화를 혁신하기로 결심했다. 사장이 되기 훨씬 전부터 문제의 심각성을 누구보다 절감하고 있던 터였다.

그동안 인사 발령을 낼 때마다 누가 어느 지역 출신이어서 승진했느니, 누가 어느 학교를 나와서 발탁됐느니 하는 뒷말이 무성했다. 사회에 모범을 보여야 하는 방송사에서 인사의 공정성을 의심받는 상황이 꽤 오래전부터 지속되어 왔던 것이다.

어느 회사나 정도의 차이가 있지만, 최고 경영자와 고향이나 출신 학교가 같은 사람들이 중용되는 경향이 일부 있는 건 알려진 사실이다. SBS에도 그런 얘기가 저잣거리 소문처럼 돌고 있었다.

출신 학교가 같으면 선후배 사이에 암묵적으로 서로 끌어주는 풍토까지 있었고, 신입사원 환영회도 출신 학교별로 따로 했으며, 연말 송년회뿐 아니라 학교별 다양한 친목 모임이 상존하고 있었다.

이런 오래된 관행을 단번에 혁파하기 위해서는 대충 해서는 안 된다는 것을 잘 알고 있었다. 사장 취임 후 한 달쯤 지나 창업 회장님을 찾아갔다. 행동으로 옮기기 전에 최고 인사권자에게 먼저 동의를 구해야겠다고 생각했다. 생각하기에 따라서는 인사의 최종 책임자인 회장님의 인사 스타일에 정면으로 반기를 든다고 비쳐질 수도 있을 것이었다. 하지만 오래전부터 문제의식을 갖고 있던 사안이라 설득 포인트를 잘 준비해서 오해가 없도록 설명했고, 결국 회장님의 동의를 얻었다.

곧바로 조회를 열어 직원들 앞에서 포문을 열었다.

사내에 학연·지연 모임이 많다는 것을 잘 알고 있다. 내가 나온 대학이 가장 심하다는 것도 잘 알고 있다. 외부에서 동창회를 하거나 지역 모임을 하는 건 개인의 자유지만 사내에서 그런 모임을 갖는 건 문제가 있다. 오늘 이 시간 이후부터 사내의 학연·지연 모임에 참석하는 직원은 끝까지 추적해서 반드시 인사상의 불이익을 주겠다. 인사의 공정성을 회복하기 위한 특단의 조치이니, 여러분의 적극적인 협조를 당부한다….

과연 어떤 일이 벌어졌을까. 놀랍게도 그날 이후 수십 년간 지속되어 온 사내의 모든 학연·지연 모임이 사라졌다. 그동안 말은 못했지만, 많은 사람들이 문제의식을 갖고 있던 터라 사장이 나서서 강한 드라이브를 걸자 의외로 일이 쉽게 풀린 것이다.

정치도 당내에서부터 학연·지연이 연결된 모임들을 모두 없애고, 학연과 지연이 연결된 모임에 참석하는 정치인에게 불이익이 가도록 윤리강령에 넣으면 적지 않은 효과를 볼 수 있을 것이다. 이런 분위기가 오래 지속되면 대구에서 진보 정치인이, 광주에서 보수 정치인이 당선될 수도 있을 것이다. 고질적인 난제일수록 해결책은 의외로 쉽고 간단한 경우가 많다.

지금처럼 선거 득표 상황판 지도가 반은 파란색, 반은 빨간색으로 양분된 현실을 후손들에게 물려준다는 것은 우리 세대의 치욕이다.

아내의 선물

인사권자 앞에서 강하게 직언을 할 수 있었던 배경에는 이런 사연이 있다.

사장 발령을 받은 날 저녁, 와인잔을 앞에 두고 평소 007 영화의 광팬이던 아내에게 이런 부탁을 했다.

007의 의미가 원하는 곳에서 원하는 순간 살인을 할 수 있는 면허가 있다는 뜻이라는 걸 잘 알지 않느냐. 당신이 나에게 사장이 된 기념으로 내가 원하는 순간 언제든지 사표를 낼 수 있게 '사표 면허'를 줬으면 좋겠다. 나중에 말해 주겠지만, 사전에 상의는 안 하겠다. 사표 면허 없으면 사장 역할을 제대로 못할 것 같다….

운을 떼고 조심스럽게 반응을 살폈는데 아내가 뜻밖의 말을 했다.

"내 생각이랑 같네. 꼭 오래 해야 하나? 기꺼이 사표 면허 줄 테니까 소신껏 잘해 봐."

첫 미팅에서 만나 평생 동지로 지낸 아내는 스케일이 달랐다.

아내가 준 사표 면허 덕분에 회장님께도 언제나 스스럼없이 직언을 할 수 있었고, 학연·지연을 전혀 고려하지 않고 실력과 인성만 보고 소신껏 인사를 했다. 회사는 광고시장이 축소되고 코로나19 팬데믹 상황으로 위기도 겪었지만, 우수한 직원들 덕분에 경쟁력과 광고매출, 영업이익 모두 1등을 이어갔다. 나도 그들의 덕을 입어 SBS에서 8년간 대표이사를, 지주회사와 SBS 스튜디오에서 2년간 사장으로 일할 수 있었다.

　주변의 고질적 병폐를 고치는 건 누가 주도하고 얼마나 철저히 관리하느냐에 달려 있다. 자리에 연연하지 않는 자세로 올바른 원칙을 정하고 반드시 실천한다는 믿음을 주는 것이 일의 성공 확률을 획기적으로 끌어올릴 수 있는 지름길이다.

오늘 이 시간 이후부터
사내의 학연, 지연 모임에 참석하는 직원은
끝까지 추적해서 반드시 인사상의 불이익을 주겠다.
인사의 공정성을 회복하기 위한 특단의 조치이니,
여러분의 적극적인 협조를 당부한다….
과연 어떤 일이 벌어졌을까.
놀랍게도 그날 이후 수십 년간 지속되어 온
사내의 모든 학연, 지연 모임이 사라졌다.

권위적인 집단에서는 리더의 자식 사랑이 지나칠수록
집단 전체가 비상식적으로 흘러가고,
미래에 '부정적 나비 효과'가 발생할 확률이
기하급수적으로 높아진다.

12

자식 사랑도 죄가 될 수 있다

자식 사랑의 조건

우리나라 부모들이 유독 자식 사랑이 지극하다는 점에는 대부분 공감할 것이다. 자식이 학교 다닐 때는 무리를 해서라도 과외니, 학원이니 등골이 휘는 것을 기꺼이 감수하고, 대학을 졸업한 후에도 취직과 결혼 걱정에 늘 노심초사한다.

자식이 결혼하고 가정을 꾸려도 자식 주변을 맴돌면서 계속 감시와 지원을 아끼지 않으며, 집 장만, 손주 돌보기, 손주의 학원비 등 생활에 필요한 거의 모든 것들을 아낌없이 지원하는 가정이 적지 않다.

자본주의 사회에서 능력이 되는 부모가 자기가 번 돈으로 자식에게 이 정도의 사랑을 베푸는 걸 비난할 생각은 없다. 자식의 행복을 위해 저마다 능력의 한도에서 합법적으로 물질적 지원을 해주고, 건강이 허락하는 범위에서 손주 돌봄 노동을 제공하는 것은 어쩌면 우리 사회의 미덕일 수도 있다. 그러나 맹목적인 자식 사랑으로 인해 국가 경쟁력이 떨어지거나 기업이 위기를 맞는다면 얘기는 달라진다.

과거 민주화운동을 하고 대통령이 된 분들도 자식을 너무 사랑한 나머지 공과 사를 구별하지 못해 나라가 시끄러웠던 때도 있었다. 남한테는 엄격하고 자식한테는 관대한 습성을 제어하지 못해 평생 반독재 민주화 투쟁으로 쌓아온 명예가 하루아침에 무너지고, 대국민 사과를 하던 장면들은 국민의 마음을 참담하게 하였다.

경험도 자질도 부족한 기업의 2세, 3세들이 부모의 무조건적 사랑 덕분에 충분히 검증받지 않은 채 일탈을 일삼는 내용의 드라마와 뉴스를 자주 접하게 된다. 요즘같이 복잡한 시대에 과거 왕조시대처럼 혈통으로 리더를 결정하니 경쟁력이 생길 수도 없다.

하지만 우리 기업인들 중에는 부모한테 기업을 물려받아 선대보다 더 열심히 뛰어 놀라운 성과를 낸 인재들도 많이 있다. 지인들 중에도 이런 출중한 분들이 있지만, 현직에 있으므로 거명하지는 않으려 한다. 아무튼 한글을 창제한 세종대왕이나 한국을 반도체와 가전 강국으로 만든 삼성의 고 이건희 회장 정도의 영민함을 갖추었다면, 세습을 한다고 감히 누가 뭐라 할 것인가.

나는 이건희 회장과 아무 관계도 없고, 그의 공과에 대한 논란도 있지만, 그의 개혁 정신만큼은 높이 평가하지 않을 재주가 없다. 이 회장은 45세인 1987년에 회장에 취임하여 1993년 프랑크푸르트에서 신경영선언을 발표했는데, 그 자리에서 "마누라와 자식 빼고 다 바꾸라"는 유명한 말을 남겼다.

2년 뒤인 1995년, 삼성 휴대폰 '애니콜'의 반복되는 품질 불량에 격노한 이 회장은 "시중에 나간 제품까지 모조리 회수해 공장 사람들이 모두 보는 앞에서 태워 없애라"고 지시했다. 그렇게 경북 구미사업장 운동장에는 회수된 휴대폰 15만 대가 산처럼 쌓였고, 그 모든 제품이 불길 속으로 사라졌다. 시가 500억 원에 달하는 제품이 한순간에 잿더미가 되는 장면이었다. 그 정신으로 난공불락의 절대 강자였던 일본 가전업계를 취임 18년 만에 한 개 기업이 완벽하게 제압했다. 그는 "기업은 2류, 관료는 3류, 정치는 4류"라며 국가 성장의 걸림돌이 되는 우리 정치 현실을 비판하기도 했는데, 이 회장의 이 말은 여전히 유효하다고 생각한다.

이분들 같지는 않더라도 남들이 따라올 수 없는 탁월함

은 어느 정도 갖추어야 하는데, 낮은 직급으로 입사해 오랜 기간 실무 경험을 쌓지 않고 젊은 나이에 곧바로 경영자의 위치에 오르거나 남들 보기에도 좀 부족한 자식들에게 무조건 세습을 하면 조직이 클수록 여러 가지 문제가 발생하게 된다. 조직과 구성원들뿐 아니라 결국은 당사자도 불행해질 확률이 높아진다. 특히 절대 권력이나 글로벌 기업에서 이런 일이 벌어지면 상상 외의 큰 부작용을 낳을 수 있다. 자식 사랑도 절제할 줄 알아야 리더로서의 자격이 있다고 생각한다.

가장 비극적인 예는 북한이다. 김일성은 한국전쟁을 일으켰고, 우리 민족에 씻을 수 없는 상처를 남겨준 장본인이라는 건 엄연한 역사적 사실이다. 하지만 사람들이 간과하고 있는 사실이 있는데, 바로 그의 지나친 자식 사랑이 아닐까 싶다.

김일성은 인민 모두가 행복한 나라를 건설하겠다고 말했지만, 정작 자기 자식들을 위한 나라를 만들었다. 세습 왕조를 구축해 세계와 담을 쌓고, 자기 자식들만 행복한 나라를 80년 넘게 이어 오게 만든 장본인이다. 할아버지를 쏙 빼닮은 그의 손자는 열 살 남짓한 딸을 데리고 다니며, 할아버지뻘 되는 군 장성들에게 충성을 맹세하게 하고 있다.

브라질에서 나비 한 마리가 날갯짓을 하면 미국에서 허리케인이 일어날 수 있다는 이른바 나비 효과처럼, 김일성의 자식 사랑은 오늘날 한반도의 분단을 고착화시키고 가공할 핵무기를 보유한 채 하루가 멀다 하고 대량살상무기를 시험하는 현실로 이어지고 있다. 그 나비 효과가 여기에 그치지 않고, 또 어떤 끔찍한 비극으로 현실화될지 모를 일이다.

지금으로부터 5백 년 전인 조선 왕조 시대에도 세습 제도의 폐해를 막기 위해 이러한 장치들이 존재했다. 홍문관이 '경연'을 주관하도록 해 왕과 신하들이 자유 토론을 하며 왕에게 지속적인 교육을 실시했다. 무려 하루에 세 번(조강·주강·석강) 경연을 열었는데, 이를 통해 왕과 신하들이 수시로 소통하며 일방통행식 상명하달로 흐를 수 있는 왕권을 견제했고, 왕이 신하들의 직언을 경청하도록 하는 자리를 제도화했다.

기록에 따르면 세종은 1,898회의 경연을 열었고, 성종은 무려 9,006회에 달했다. 반면 임진왜란을 겪은 선조는 경연에 가장 소극적이었던 왕으로 기록돼 있다. 율곡 이이가 왜군의 침략을 예상하며 거듭 조언했지만, 선조는 이를 받아들이지 않았다고 한다.

게다가 어린 세자에 대한 교육을 담당한 예조 소속의 '세자시강원'은 왕세자 교육에 대한 전권을 위임받아, 영의정과 우의정을 포함한 당대의 석학들이 모두 세자 교육에 참여하도록 했다. 신하들은 세자가 왕이 되면 백성들 위에 군림하며 마음대로 해도 된다고 가르친 것이 아니라, 가장 낮은 백성들을 성심으로 돌보라고 가르쳤다. 통치 기술을 가르친 것이 아니라, 역사와 유교적 소양 교육 같은 도덕과 철학을 가르쳤다. 이는 경쟁 없이 혈통으로 국가 경영을 이어받는 왕조 세습 시스템의 약점을 보완하려는 노력이었다.

조선 시대에도 이 정도의 장치를 마련했는데, 하물며 무한 경쟁 환경에 놓여 있는 오늘날 같은 세상에서 국가나 기업을 물려주기 위해서는 과거보다 훨씬 더 많은 준비가 필요할 것이다.

민주주의 제도가 공산 국가들에서보다 경쟁력을 갖추게 된 것도, 다방면으로 검증된 사람들을 국민의 집단 지혜로 뽑도록 한 선거제도와 치열한 경쟁을 통해 우수한 인재를 발탁하는 기업의 인사제도 덕분이다.

이처럼 합리적이고 검증된 제도와 정반대인 전근대적 세습을 무조건 지속한다면 그 집단의 미래는 암울할 것이라고 손쉽게 예측할 수 있다. 북한도 이미 시작한 일이니 되돌리기 어려울 테니 3대 세습에서 과감히 멈춰야 한다.

80년 전 김일성 한 사람이 시작한 독특한 폐쇄주의와 독재 방식에 더해, 그의 지나친 자식 사랑은 나의 가족을 포함한 수많은 사람들의 비극으로 오늘날까지 이어지고 있다. 이런 불행한 나비 효과의 증거들은 우리 주변에 차고 넘치지만, 남의 사연들까지 속속들이 알 수는 없으니 내 가족의 이야기로 대신하겠다.

인간의 삶 vs. 가축의 삶

나의 어머니는 부모와 친척들 대부분을 북한에 남겨둔 채 언니와 함께 월남했는데, 언니, 곧 나의 이모는 재일교포와 결혼했다. 재일교포인 이모부는 사업에서 큰 성공을 거두어 상당한 재력을 갖추었다고 한다. 그런데 이모부가 민단이 아닌 조총련 계열과 인연을 맺고 있어, 어머니는 자매 간인데도 아주 가끔 국제전화만 했을 뿐 왕래조차 하지 못했다.

지금은 그런 일을 따지는 세상이 아니지만, 1960~70년대만 해도 우리 국민이 조총련계 동포와 전화 한 통만 해도 바로 중앙정보부에 보고가 올라가던 시절이었다. 어머니는 자식들에게 피해가 갈까 봐 오래 참았다가 한 번씩 전화를 하곤 했는데, 그때마다 안방은 눈물바다가 되었다.

이모의 아들, 곧 나의 외사촌 형은 꿈이 피아니스트였는데, 어려서부터 피아노를 아주 잘 쳤다고 한다. 북한은 1959년부터 부족한 노동력을 보충하고 재일동포들의 북한 투자를 유도하기 위해 온갖 감언이설로 북송 작업을 추진했다. 외사촌 형에게 접근한 북한 선전원은 공화국에 오면 무상으로 피아니스트로 잘 키워 주겠다고 속였다. 이모부한테도 일본 놈들한테 뭐 배울 게 있다고 거기서 애들을 힘들게 살게 하느냐며, 조국에 가면 아들 장가도 보내주고 공부도 시켜준다고 어서 보내라고 계속 종용을 했다고 한다.

처음엔 반신반의했지만, 조총련계 북송 교포들이 많아지는 분위기 속에서 애국심이 발동해 그만 덜컥 북송을 결정하고 말았다. 얼굴 한 번 본 적 없는 외사촌 형이 만경봉호를 타고 희망에 부풀어 북한으로 가면서 찍은 사진을 어려서 본 적이 있는데, 외사촌 형은 요즘 드라마 주인공처럼 정말 잘생긴 청년이었다.

그러나 북한의 선전이 모두 새빨간 거짓말이라는 사실을 알게 되는 데에는 오랜 시간이 걸리지 않았다. 하지만 이미 물은 엎질러졌고, 돌이킬 수도 없었다. 외사촌 형처럼 속아서 북한에 간 사람이 무려 10만 명이나 된다. 조국을 사랑하고 장래가 촉망되던 재일동포 젊은이들이 북한에 영구 인질이 된 것이다. 외사촌 형은 피아노 교육은커녕 매일 노동에 시달렸고, 대부분의 북송 교포들 역시 북한 주민들로부터도 놀림을 받는 왕따 신세로 전락하고 말았다.

이모와 이모부는 북한에 보낸 아들을 만나러 갔다가 이런 현실을 알게 되었다. 아들을 사지로 보낸 부모의 마음이 어땠을까. 상상만 해도 가슴이 저려 온다. 이모부는 아들을 돌보기 위해 자주 북한으로 다니며, 회사가 휘청거릴 정도로 많은 기부를 했다. 그 덕분에 외사촌 형은 그나마 다른 사람들에 비해 나은 생활도 했지만, 이모부의 사업은 갈수록 쪼그라들었다.

이모는 아들 사는 곳을 방문할 때마다 속옷부터 온갖 살림살이를 바리바리 싼 커다란 짐 꾸러미들을 몇 개씩 직접 들고 가서 전해주곤 했는데, 아들의 사는 모습을 보고 오면 며칠간 자리에서 일어나지도 못하고 가슴을 치며 울기만 했다고 한다.

북한에서는 모자간에 오랜만에 만나 이야기하는 방안까지 감시원이 따라와서 돈을 줘야 자리를 비켜 주었다. 마음대로 울지도 못하고 목소리도 낮춰 이야기해야 했다. 어머니는 조카를 인질로 잡은 북한 이야기만 나오면 늘 분통을 터뜨렸다. 부잣집 아들인 북송 교포가 그 정도로 어렵게 사니, 어머니가 이북에 두고 온 부모와 형제들은 어떻게 지낼지 물어보지 않아도 뻔한 일이었다. 이모가 북한에 다녀와 북한에 남겨진 부모와 형제들 이야기를 전해 주면, 어머니는 한동안 말수가 없어졌고 우리 형제들에게도 속에 담은 이야기를 절대 꺼내놓지 않았다.

이모는 북에 간 아들 생각에 평생 속앓이를 하다가 유방암으로 돌아가셨다. 주변에서는 이모가 한이 맺혀 가슴에 암 덩어리가 생겼다며 안타까워했다.

이모가 돌아가시고 1년이 지났을 무렵인 1991년에 일본에 열흘간 연수를 갔다가, 하루의 자유 시간이 생겨 부장에게 보고하고 다큐멘터리 사전 취재 겸 이모부 댁을 방문하였다.

도쿄의 한적한 동네에 위치한 집 거실에 들어서자, 조그마한 밥상 위에 이모의 사진과 음식이 소박하게 올려져 있는 모습이 먼저 눈에 들어왔다. 이모가 돌아가신 후에도 매일 삼시 세끼를 올리고 식사도 함께 한다는 말을 듣고는 눈물이 핑 돌았다.

이모부는 나의 촬영 제안을 완곡히 거부하였다. 내가 제안한 다큐멘터리의 취지에는 공감하지만, 아들이 혹시라도 불이익을 받을 수 있으니 그냥 입을 다물고 조용히 살다 가겠다고 했다. 이모부는 그로부터 몇 년 지나지 않아 이모 곁으로 갔다. 살아생전 잉꼬부부였는데, 지금도 두 분의 영정은 일본의 한 사찰에 나란히 모셔져 있다. 이모부 가족의 슬픈 이야기는 재일 조총련 사회에 아직도 이어지고 있는 일상화된 비극이다.

이북에서 전쟁통에 피난 와 고생만 하다 돌아가신 우리의 어머니들에 대한 이야기를 떠올리면 가슴이 먹먹해진다. 북한 사회는 서로가 서로를 감시하고, 단 한 명의 다른 의견도 용납하지 않는, 우리의 상상을 초월하는 비인간적인 사회가 되어 버렸다. 생각하는 것을 자유롭게 표현하지도 못하고, 하고 싶은 공부나 가고 싶은 직장도 마음대로 선택할 수 없으며, 자유롭게 이동하고 여행하는 것조차 허용되지 않는 사회는 인간 사회라고 할 수 없다. 이런 일상의 행동마저 제약받는 나라는 지구상에 북한밖에 없다는 사실이 나를 슬프게 한다.

권력을 유지하고자 하는 전 세계 독재자들이 공통적으로 가장 싫어하는 단어는 '인권'이다. 그들에게 인권은 권력자들만 누리는 것이지, 일반 국민들이 누릴 수 있는 것은 아니라고 생각하는 듯하다. 자유와 인권을 허용하면 독재

체제가 한순간에 무너질 수 있다는 사실을 그들은 너무나 잘 알기 때문일 것이다. 사람에게서 자유를 억제하고 인권을 무시한다는 것은 사람을 가축처럼 취급하는 것과 같다. 가축으로 취급당해 보지 않고 하는 말들은, 당해 본 사람들에게는 그저 공허한 메아리일 뿐이다.

권위적인 집단에서는 리더의 자식 사랑이 지나칠수록 집단 전체가 비상식적으로 흘러가고, 미래에 '부정적 나비 효과'*가 발생할 확률이 기하급수적으로 높아진다.

---

* 부정적 나비 효과: 사소해 보이는 부정적 행동이 시간이 지나면서 연쇄적으로 증폭되어 결국 예상치 못했던 크고 파괴적인 부정적 결과를 초래하는 현상

민주주의 제도가 공산 국가들에서보다
경쟁력을 갖추게 된 것도, 다방면으로 검증된 사람들을
국민의 집단 지혜로 뽑도록 한 선거제도와
치열한 경쟁을 통해 우수한 인재를 발탁하는
기업의 인사제도 덕분이다.

본인 스스로를 불세출의 천재라고 여기더라도,
반드시 주변에 직언을 하는 사람들을 두어야 한다.
그래야 독단에 빠질 수 있는 위험을 예방하고,
1퍼센트라도 부족한 점을 보완해 조직을 건강하게 운영할 수 있다.
바둑 9단들의 대국을 바라보는 5단 해설자의 눈에는
고수들의 실수가 단박에 들어오는 법이다.

13

확률 0.2퍼센트에 도전한 장군

낯선 타인이 바꾼 민족의 운명

앞에서 인생과 확률 게임에 대한 이야기를 했는데, 실제로 아주 적은 확률로 수많은 생명을 구한 영웅이 있다.

살면서 잘 이해가 되지 않는 몇 가지가 있는데, 그중 하나가 더글러스 맥아더 장군에 대한 우리나라 사람들의 평가가 나뉜다는 점이다. 맥아더는 '우리나라가 북한의 침공으로 공산화되기 직전에 구세주처럼 나타나 나라를 구해준 소중한 은인'이다. 이것이 내가 한 문장으로 평가하는 맥아더에 대한 총평이다.

맥아더의 인천상륙작전(Operation Chromite, 작전명 '크롬 광산 작전')을 주의 깊게 들여다보면서 '성공 가능성이 낮아 보이는 시도는 성공했을 경우 그 파급력이 훨씬 클 가능성을 내포한다'는 사실을 발견했다.

인천상륙작전은 정말 성공 확률이 제로에 가까운 작전이었다. 애초에 작전 지역으로 인천과 주문진, 군산이 검토되었지만, 맥아더는 성공 확률이 가장 낮은 인천을 상륙지로 선택했다.

당연히 미 합동참모본부의 반대가 있었다. 하지만 맥아더는 고집스럽게 밀어붙였다. 기뢰가 매설돼 있고, 수로가 좁으며, 조수 간만의 차가 커 상륙 작전을 펼치기에 최악의 조건이기 때문에 오히려 적이 예상하지 못할 것이라 판단한 것이다. 맥아더는 한반도를 옆에서 관통하는 작전을 전개해 서울을 조기에 탈환하고, 병참 지원을 차단함으로써 북한군을 고립시키는 획기적인 발상을 했다. 그러나 예상 성공 확률은 5,000분의 1(0.02%)에 불과했다.

당시에는 아무도 예측하지 못했겠지만, 그 미세한 확률은 오늘날 한국의 풍요를 만들고, K-팝과 K-푸드를 전 세계로 확산시키는 '긍정적 나비 효과*'를 만들어 냈다.

어떤 배경에서 맥아더는 그런 결정을 할 수 있었을까. 좀 더 자세히 들어가 보자. 그는 70세라는 고령에 그런 희박한 확률에 도전장을 던졌다. 당시 한국인의 평균 수명이 40대

---

* 긍정적 나비 효과: 행동이나 변화가 연쇄적으로 증폭되어 예상치 못한 긍정적 결과로 이어지는 현상

중후반 정도였음을 감안하면, 한국에서는 상노인 취급을 받았을 외국 군인이 젊은이들보다 더 진취적인 생각을 하고 목숨을 걸고 모험을 감행한 셈이다. 만약 맥아더가 인천 상륙작전에 실패했다면, 작전에 참가했던 수많은 군인들의 희생뿐 아니라 한반도에서의 전쟁도 더 오래 지속됐을 것이고, 추가로 양측에서 수십만 명의 애꿎은 젊은이들이 전쟁터에서 이슬처럼 사라졌을지도 모른다.

어찌 되었든 그분 덕분에 나의 부모님은 결혼할 수 있었고, 형제들과 나 역시 태어날 수 있었다. 아마도 그 성공 확률이 낮은 작전으로 인해, 당시를 살았던 대다수 한국인들의 운명이 크든 작든 바뀌었을 것이며, 그것은 지금의 우리 모두에게까지 영향을 미치고 있다. 더구나 지리적으로도, 태생적으로도 아무 관련이 없는 외국인이 머나먼 이곳에 와서 수많은 한국인의 생명을 구하고 미래를 만들어 낸 이런 기이하고도 운명적인 상황을 우리는 어떻게 설명할 수 있을까.

하지만 역사는 한 사람의 영향력만으로 결정되는 것은 아니다. 예기치 않은 중국군의 개입으로 전황이 악화되었고, 맥아더는 아군의 희생을 줄이고 한국 국민들의 염원이던 통일을 이루기 위해 중국군에 대한 강력한 타격을 주장하다가 해리 S. 트루먼 대통령과의 대립 끝에 전쟁 중이던 1951년에 해임되었다. 그가 퇴임하며 상·하원 합동 회의에서 한 연설은, 군사 전문가가 했다고는 믿기 어려울 정도로 국제 정세를 손바닥 들여다보듯 꿰뚫는 혜안과 통찰력, 그리고 그가 아시아 국가들의 자유와 행복을 얼마나 진심으로 기원한 휴머니스트였는지를 적나라하게 드러내고 있다.

그의 명연설 가운데 "노병은 죽지 않고, 다만 사라질 뿐이다(Old soldiers never die, they just fade away)"라는 말은 우리에게도 잘 알려진 구절이지만, 이는 당시 군가의 후렴구에 등장하는 문장을 인용한 것이었다. 나에게 더 큰 감동으로 다가온 대목은, 자신이 어떤 사람이며 무엇을 해야 하는 사람인지를 정확히 인식하고 있음을 보여 주는 부분이다.

"전쟁에서 승리 외에는 아무런 대안이 없다(In war there can be no substitute for victory)"라는 문장이 그것이다. 군인의 존재 의의는 승리를 위한 것이며, 승리 외에는 그 어떤 다른 대안도 있을 수 없다는 군인 정신을 함축해 놓은 문장이다.

그는 미 육군사관학교를 수석으로 졸업했고, 제1차 세계대전에 참전해 치열한 전투들을 온몸으로 직접 경험했으며, 가장 용감한 군인이 받는 훈장을 무려 15개나 받은 역전의 용사였다. 제2차 세계대전에서는 연합군 최고사령관으로서 일본과의 수많은 전투를 지휘했는데, 물론 그 역시 완벽한 사람은 아니어서 실패한 작전도 있었고, 성공한 작전도 있었다. 그가 주도한 작전으로 사람들이 죽기도 하고, 또 살기도 했다. 많은 실전 경험을 통해 자신이 어떤 사람인지를 정확히 알고 있었던 맥아더가 인천상륙작전을 결단한 것은, 우리 민족에게는 실로 큰 행운이었다.

미 국방부는 상륙하기 쉬운 군산을 택하라고 강하게 압박했지만, 맥아더의 까칠한 고집은 꺾이지 않았다. 그는 적을 속이기 위해 10월에 상륙 작전을 한다는 루머를 퍼뜨리고, 작전 며칠 전부터는 일부러 다른 지역에 집중 포화를 쏟아부었다. 〈꼬리에 꼬리를 무는 그날 이야기〉에 소개된 학도병들의 '장사리상륙작전' 역시 인천상륙작전을 은폐하기 위한 양동 작전이었다. 결국 그의 '성공 확률이 낮은 선택'은 옳았고, 일흔의 나이에 계획한 인천상륙작전은 대한민국의 운명을 바꿔 놓는 '큰 성공'을 거두었다. 앞에서 대체 불가능한 인재의 조건 가운데 하나로 "누구나 보던 것을 다르게 생각할 줄 아는 사람"에 대해 얘기했는데, 맥아더는 바로 그런 사람이었다.

하지만 그를 매우 까칠한 성격의 군인으로 묘사하는 역

사가들도 있다. 내가 보기에는, 실전에서 쌓아 온 그의 다양한 경험들과 달리 책상에서만 전쟁을 해온 미 백악관과 국방부 관료들과는 계속 부딪힐 수밖에 없었을 것이고, 그런 일화들이 전해지면서 부정적인 평판이 일부 생겨난 것이라 생각한다. 사람의 목숨이 오가는 전쟁을 지휘하는 군인의 성격은 오히려 까칠할수록 좋은 것 아닐까.

위대한 리더의 덕목

맥아더를 통해 덧붙여 하고 싶은 말이 있다. 탁월한 지도자는 하루아침에 완성되지 않는다는 점이다. 인생에는 공짜가 없다. 갑작스레 출세하거나 부자가 되면 지난 세월 거쳐야 했을 시행착오를 생략했기에, 결국 성공 이후에 그 대가를 치르게 된다. 바로 그 지점에 큰 문제가 도사리고 있다. 시행착오는 가급적 젊을 때, 혹은 직급이 낮을 때 경험을 쌓으며 겪는 편이 낫다. 그래서 리더에게는 오랜 경험의 과정이 필요한데, 다양한 시행착오 없이 갑자기 최고위직에 오르거나 낙하산을 타고 고위직이 된 뒤 시행착오를 시작하게 되면, 조직의 안위가 흔들릴 수 있다. 그 위치에 따라 심지어 나라 전체가 위기에 처할 수도 있다.

'역사는 반복된다'고 말하는 이유도 여기에 있다. 누구나 언젠가는 자리에서 물러나게 마련인데, 그 자리를 채운 이들은 앞에서 거쳐 간 유사한 시행착오를 필연적으로 되풀이하기 때문이다. 그러나 책임이 막중한 위치에 있는 사람들은 시행착오를 최대한 줄여야 직원이나 국민이 편안할 수 있다. 그러기 위해서는 본인 스스로를 불세출의 천재라고 여기더라도, 반드시 주변에 직언을 하는 사람들을 두어야 한다. 그래야 독단에 빠질 수 있는 위험을 예방하고, 1퍼센트라도 부족한 점을 보완해 조직을 건강하게 운영할 수 있다. 바둑 9단들의 대국을 바라보는 5단 해설자의 눈에는 고수들의 실수가 단박에 들어오는 법이다.

권력자의 능력은 혼자서 일을 잘하는 것도, 말을 잘하는 것도 아니다. 무엇보다 귀를 잘 여는 데 있다. 귀를 잘 열어 그 그릇에 쓴소리를 담아내는 용기가 필요하다. 주변에서 잘 나가던 기업이 어려움을 겪거나 몰락하는 경우를 살펴보면 대부분 최고 책임자가 남의 말을 잘 듣지 않는 사람이라는 것을 알 수 있다. 당연히 아래에는 직언과는 거리가 먼 사람들만 포진하게 될 확률이 높아진다.

그래서 조직의 미래를 예견하는 법은 의외로 간단하다. 권력의 가까이에 직언하는 사람이 몇이나 되는지, 리더가 그들의 쓴소리를 품을 혜안이 있는지 살피는 것이다. 이 두

가지만 확인해도 그 집단이 번영할지, 몰락할지 드러난다.

'내 생각만 옳다'고 여기는 권력자가 이끄는 조직이 결국 도태될 수밖에 없는 이유는, 주변의 영민한 인재들의 수준을 자신의 한계치 아래로 끌어내려 버리기 때문이다. '위대한 지도자의 길'은 아무에게나 허용되지 않는다. 타인의 말에 귀 기울이고, 뼈아픈 직언까지도 겸손한 태도로 수용할 수 있을 때 비로소 그 좁은 길에 들어설 수 있다.

탁월한 지도자는 하루아침에 완성되지 않는다.
인생에는 공짜가 없다. 갑작스레 출세하거나 부자가 되면
지난 세월 거쳐야 했을 시행착오를 생략했기에
결국 성공 이후에 그 대가를 치르게 된다.
시행착오는 가급적 젊을 때
혹은 직급이 낮을 때 경험을 쌓으며 겪는 편이 낫다.

《성경》에도 "우리는 아무것도 가지고 온 것이 없으며
아무것도 가지고 갈 수 없습니다"라는 말이 있다.
기독교를 믿었던 어머니도 결국 아무것도 가져가지 않았고,
나 역시 아무것도 가져가지 못할 것이 자명하다.

14

빈손으로 왔다 빈손으로

한 여인의 나비 효과

평사원에서 시작해 30년 만에 지상파 방송사의 사장이 된 것은 소수점 이하의 확률을 넘어선 행운이었다. 나의 노력보다는 남들의 도움이 더 컸다는 사실은 말할 필요도 없다. 사장 취임 기사를 복사해 어머니한테 들고 갔다.

"어머니, 제가 사장이 됐어요."

"그래? 에구, 잔치를 해야겠구나. 네가 사장이 됐구나. 잘했다."

어머니는 활짝 웃으며 기사 속 막내아들의 얼굴을 쓰다듬었다.

그러곤 별다른 감정 표현이 없다. 코끝이 찡하다. 어머니에게 얼마 전 치매가 온 것이다. 눈시울이 붉어졌다. 우리나라에서는 85세 이상 여성 네 명 중 한 명이 치매에 걸린다고 하는데, 그 비극적인 병의 발병 확률을 어머니 역시 피하지 못했다.

혹시나 해서 한 시간쯤 지나 다시

"어머니, 제가 사장이 됐어요"

하고 말했더니,

"그래? 에구, 잔치를 해야겠구나. 네가 사장이 됐구나. 잘했다."

마치 녹음기를 틀어 놓은 것처럼 한 글자도 틀리지 않고 똑같이 말한다. 내가 사장이 됐다고 말하면 꼭 그렇게 말하려고 오래전에 준비해 둔 것만 같은 느낌이 들 정도다.

그날은 그래도 어머니 상태가 좋은 편이었는데, 조금만 더 유지됐으면 했던 형제들의 소박한 바람은 얼마 지나지 않아 아무 소용이 없게 되었다. 누구나 만나는 순간, 이미 헤어져야 하는 운명도 함께 결정되어 있으니까.

누구나 어머니와의 추억이 있을 것이다. 나에게도 어머니와의 잊을 수 없는 순간들이 있다. 그런데 어머니와 함께한 그 순간들이 일으킨 나비 효과는 어떤 현재를 만들어 내고 있을까.

1960년대 후반, 아버지가 사기를 당해 회사를 부도낸 이후 여섯 식구가 셋방살이를 전전하고 입에 쌀밥이 들어가기 어려운 시기를 살면서도, 나는 어머니가 한 번도 힘들다고 말하는 것을 본 적이 없다. 그저 할 일을 묵묵히 하는 스타일이고, 한 번 결심하면 실행하는 성격이며, 고집도 세서, 막내인 나를 제외하고는 형제 중 누구도 나서서 말리지 못하는 우리 집안의 성역이었다.

지금까지도 엊그제 일처럼 강렬하게 기억되는 장면이 있다. 연탄가스 사고가 났던 날이다. 파산한 아버지 덕분에 집에 빨간 딱지들이 붙고, 결국 방 두 개짜리 셋방으로 이사 간 첫날 밤에 큰 사고가 날 뻔했다.

부엌이 딸린 방에서는 아버지와 어머니가 자고 있었고, 건넌방에서는 네 형제가 자고 있었는데 우리 방에 연탄가스가 새어 들어와 네 명 모두 비몽사몽 상태가 되었다. 그런데 그 오밤중에 어머니가 기적처럼 방문을 활짝 열고 들어온 것이다. 어머니는 문을 열어젖히자마자 아들딸들의 상태를 보고는 부엌으로 달려가 식초를 가져왔다. 이불을 찢어 솜을 뜯어내 거기에 식초를 묻혀 자식들의 코에 들이대며 연신 아이들 이름을 불러댔다. 내가 이 장면을 기억하는 것은, 창호지로 된 미닫이 방문 바로 아래에서 잠이 든 덕에 연탄가스와 함께 산소도 조금 공급받아 그나마 상태가 가장 괜찮았기 때문이다.

이런 절박한 상황에서도 어머니는 소리를 지르거나 울지 않고, 차분하게 자식들 하나하나를 품에 안고 온몸으로 살려냈다. 다행히 어머니 덕분에 네 형제 모두 골든타임을 넘기지 않은 가스 중독 초기 상태로 발견될 수 있었다.

"괜찮아, 숨 크게 들이마셔 봐. 이거 냄새 맡아야 해."

어머니 혼자서 동분서주하던 모습만 기억나는 것을 보면, 어머니는 아버지를 깨울 경황조차 없었던 것 같다. 어머니 말로는 이사하느라 몹시 피곤했는데도 이상하게 선잠을 자며 뒤척이다가, 갑자기 연탄가스 사고 뉴스가 떠올랐다고 한다. 당시에는 서울에서만 하룻밤 사이에 몇 명씩 연탄가스 중독으로 사망하던 시절이었다.

어머니가 자다가 벌떡 일어나 자식들이 자는 방문을 열어젖힐 확률은 얼마나 될까. 수학적 확률로는 계산이 불가능한 영역이다. 사랑은 확률로 계산되지 않기 때문이다. 결과적으로 어머니의 동물적인 본능과 사랑 덕분에 우리 네 형제는 살아날 수 있었다. 그날 어머니가 조금만 늦었더라면, 우리 네 형제의 오늘은 없었을 것이다.

어린 시절 나는 어머니를 껌딱지처럼 따라다녔다. 따라

다녔다기보다는 어머니가 나를 항상 데리고 다녔다는 말이 더 맞을 것 같다. 그때 어머니가 나를 호신용으로 데리고 다닌 것인지는 알 수 없지만, 종로에서 전차를 타고 동대문 시장이나 광장시장에 가 장을 보곤 했고, 동행하는 대가로 늘 맛있는 순대를 사 주었다. 때로는 종로의 영화관에서 사극을 구경시켜 주기도 했다. 그것은 다른 형제들은 모르는 나만의 특혜였다.

어머니는 다른 형제들에게는 잔소리도 곧잘 했지만, 나에게는 공부하라는 말을 포함해 거의 잔소리를 하지 않았다. 그렇다고 내가 공부를 잘했거나 어머니 마음에 쏙 들게 행동한 것도 아니었다. 지금 생각해 보면, 어머니 마음 한구석에 나에 대한 죄책감과 대견함이 함께 자리 잡고 있어 나를 끔찍이도 예뻐했던 것 같다. 고집스러운 어머니의 결정을 한순간에 뒤집을 수 있는 특권이 형제들 가운데 나에게만 주어질 정도였으니까.

사랑은 내가 독차지하고, 효도는 다른 형제들이 했다. 어머니의 치매가 진행되면서 둘째 형이 아예 어머니 댁에 기거하며 돌봤는데, 힘든 일은 거의 모두 둘째 형이 도맡았다. 나는 방문하는 날이면 어머니의 말벗이 되어 주고, 발과 손을 관리해 드렸다. 깔끔한 성격이셨지만 손톱을 깎는 일도 쉽지 않았고, 발은 다른 누구도 손을 대지 못하게 해서 방치되어 있을 수밖에 없었다.

소파에 앉아 있는 어머니를 올려다보며 바닥에 엎드려 발톱을 정리한 뒤 발을 씻겨 드리고, 로션을 바르고, 마사지를 해 드렸다. 때로는 간지럽다며 웃기도 하고, 때로는 그냥 물끄러미 내 얼굴을 바라보았다. 다른 사람은 손도 못 대게 하던 그 작은 발을 어머니는 막내아들인 나에게만 온전히 맡겼다.

둘째 형의 극진한 돌봄에도 불구하고 어머니의 상태가 좋지 않게 전개되고 있다고 느끼게 된 것은, 그렇게 좋아하던 물냉면을 이제는 못 먹겠다며 손사래를 치는 모습을 보면서였다. 누나가 소식을 듣고 캐나다에서 날아와 한동안 어머니에게 마지막 효도를 하고 돌아갔고, 누나가 떠난 뒤 어머니도 다른 사람들처럼 대학병원 응급실과 요양병원을 거치며 끝을 향해 가고 있었다. 요양병원에서 보낸 6개월 동안은 큰형이 만사를 제쳐두고 전담하다시피 했다.

가족과 이별하는 나만의 방법

내 인생 최고의 스승이자 은인이었던 어머니와 영영 헤

어져야 하는 날이 찾아왔다. 형들과 누나는 방송사 사장인 나의 조문객들이 가장 많을 테니, 내 의견을 따르겠다고 미리 뜻을 모아 주었다. 덕분에 평소의 소신을 실천할 여건이 만들어졌다.

어머니가 돌아가신 수요일 새벽에 작별 인사를 드리고는 곧바로 회사에 출근해 오전과 오후 일정을 소화했다. 그리고 비서에게 몸이 좀 안 좋으니 이틀만 쉬겠다고 말한 뒤 장례식장에 합류했다. 일주일 전에 요로결석으로 응급실에 다녀온 적이 있는지라, 아무도 이상하게 여기지 않았다.

대학병원 장례식장이라 지나가던 사람들이 혹시라도 이름을 알아볼까 봐 상주 명단에서도 이름을 뺐다. 회사는 물론 가까운 친구들과 평소 왕래가 없던 친척들, 처가 식구들에게도 알리지 않았다. 당연히 조문객도 없고, 조화도 한 점 없는, 요즘 장례식장에서는 거의 보기 힘든 풍경이 만들어졌다.

거의 네 형제와 직계 가족만 모여 어머니 영정 앞에서 이틀 밤을 쪽잠으로 보내며, 어머니 사진으로 만든 동영상 파일을 함께 보면서 조용한 작별의 시간을 가졌다.

어머니는 이틀 뒤 한 줌밖에 안 되는 회색빛 재로 변했고, 아버지가 먼저 잠들어 있는 실향민 묘지에 합장되어 고통 없는 영면의 세계로 들어갔다.

결벽증이라 할 정도로 나는 마음이 불편한 것을 싫어한
다. 리처드 도킨스는 진화의 주체가 이기적 유전자인 DNA
의 자기 복제라고 통찰했지만, 나의 행동을 지배하는 이기
적 유전자는 '마음이 불편하지 않은 것'을 선택하도록 유도
해 온 듯하다.

지금까지 어떤 상황에 접했을 때 어떻게 행동했는지를
주로 이야기했는데, 그 내막은 대단한 것도 아니고, 그저
나를 불편하지 않게 만드는 선택들이었다. 특별히 내가 남
보다 더 나은 면이 있어서가 아니라, 그렇게 행동하지 않으
면 나중에 마음 한구석이 계속 개운치 않을 것임을 스스로
잘 알기에 한 행동들이다. 그런 면에서 나는 누구보다 이기
적이다.

아이러니하게도 한국에서 가장 부자였던 고 이병철 회
장은 빈손으로 왔다가 빈손으로 간다는 뜻의 '공수래 공수
거(空手來 空手去)'라는 말을 좋아해 액자로 만들어 거실에
걸어 두고 지냈다고 한다. 《성경》에도 "우리는 아무것도 가

지고 온 것이 없으며 아무것도 가지고 갈 수 없습니다"[*]라는 말이 있다. 기독교를 믿었던 어머니도 결국 아무것도 가져가지 않았고, 나 역시 아무것도 가져가지 못할 것이 자명하다.

사회적으로 훌륭한 일을 한 분들이 돌아가시면 그를 추모하는 조문객들이 줄을 서서 배웅해 드리는 모습은 매우 아름답다. 하지만 어머니는 사회적으로 큰일을 한 분도 아니었고, 친척들 역시 대부분 이북에 있다. 평생 말도 조용조용하게 하던 그런 분에게, 마지막 떠나시는 길에 온갖 사람들이 북적이는 모습을 보여 드린다는 것은 상상만 해도 마음이 편치 않았다.

부모님과 작별하는 방법에 정답이 있을 수는 없다. 나의 방식은 조금 유별났을지도 모른다. 각자의 상황과 고인의 취향에 따라 과하지도 않고, 모자라지도 않게 중용[°]을 택하면 좋을 것이다.

장례를 마치고 집으로 돌아오는 차 안에서 아내에게 이렇게 부탁했다.

---

[*] 《공동번역 성경》 디모데전서 6장 7절

[°] 중용(中庸): 치우침이나 과부족 없이 떳떳하며 알맞은 상태나 정도

"나는 죽기 전에 장례식장에 초대할 사람들의 명단을 미리 작성해 줄게. 나와 오랜 기간 추억을 나눈 사람들로만 추리면 아마 백 명쯤 되지 않을까. 그분들한테 내가 미리 써 놓은 초대의 글을 딸아이 시켜 단체 문자로 보내 줘. 가는 길에는 나이 순서가 없으니까 내가 운 좋게 좀 오래 살면 나보다 먼저 떠난 사람들도 있겠지. 그래도 그 사람들만 초대해 줘. 물론 봉투나 꽃도 가져오지 않도록 하고."

내 말을 들은 아내가 웃으며 이렇게 받았다.

"백 명은 무슨, 오십이면 충분하지 않을까."

어머니와 작별하고 돌아오는 길이 유쾌한 함박웃음으로 넘쳤다.

지금까지 어떤 상황에 접했을 때 어떻게 행동했는지를
주로 이야기했는데, 그 내막은 대단한 것도 아니고
그저 나를 불편하지 않게 만드는 선택들이었다.
특별히 내가 남보다 더 나은 면이 있어서가 아니라
그렇게 행동하지 않으면 나중에 마음 한구석이
계속 개운치 않을 것임을 스스로 잘 알기에 한 행동들이다.

우리의 삶은 독립적이라기보다 주변의 가족, 친구,
사랑하는 사람, 그리고 사회와 깊이 연관되어 있다.
우리 일상의 거시세계 역시 결국 미시세계인 양자 현상들이
확률이라는 상호작용으로 나타난 결과라고 할 수 있다.

15

어느 천재의 운명

삶과 죽음을 가르는 우주의 법칙

사회생활을 하며 많은 사람을 알게 되었다. 요즘은 정리를 많이 해서 예전의 3분의 2 정도로 줄였지만, 한때는 휴대전화에 저장된 번호만 6천 개가 넘었다. 그중에서도 J형은 내가 마음에서 우러나 '형'이라고 부른 첫 번째 인물이다. 나보다 세 살 위의 건실한 기업인이었다. 성격이 나보다도 더 까칠해서 은행 돈을 빌리지 않고 기업을 운영했다. 개인 돈으로 장학사업을 하고 동포들을 돕는 일도 했지만, 자신의 이름이 드러나는 것을 극도로 꺼렸다.

그를 알게 된 것은 어느 회사 대표가 나와 J형이 만나면 굉장히 재미있을 것 같다는 제안을 하면서였다.

"내가 두 사람을 잘 아는데, 서로 잘 맞을 것 같아요."

그 말에

"그래요?"

하고 그냥 웃어넘기려 했는데, 그가 한마디 덧붙였다.

"그분은 제가 만난 사람들 중 유일한 천재입니다."

이 말이 마음을 움직였다.

그는 J형의 천재성에 대해 장황하게 설명했다. 설명을 듣고 나니 세상에 그런 사람이 다 있을까 싶어, 한번 식사라도 할 수 있도록 자리를 마련해 달라고 부탁했다.

함께 밥을 먹으며 J형이 참 독특한 사람이라는 사실을 아는 데는 채 5분도 걸리지 않았다. 나 역시 평범한 사람보다는 특이한 사람에 관심을 갖는 편이라, 점점 더 그에게 빠져들었다. 그는 당시 내가 관심을 갖고 있던 우주와 양자역학뿐 아니라 커피와 물에 대해서도 서너 시간 공개 강의를 할 수 있을 만큼 지식을 갖고 있었다. 실제로 그는 회사 임직원들을 상대로 기독교와 불교에 대해, 어려운 외국인 이름들까지 칠판에 써 가며 몇 시간씩 강의하곤 했다는 이야기도 들었다.

'뭐 이런 사람이 다 있지?'

이것이 내 첫인상이었다. 그 역시 오랜만에 말이 잘 통하는 사람을 만났는지 몹시 신나 보였다. 한번 필이 꽂히면 주변에 누가 있든 개의치 않고, 그는 몇 시간씩 우주와 양자, 생명과 물에 대한 이야기를 이어 갔다. 나는 중간중간 내 생각을 보태곤 했지만, 내 수준과는 차원이 다른 사람이었기에 주로 이야기를 하는 쪽은 그였다. 나는 옛이야기에 심취한 어린아이처럼 눈을 반짝이며 들었다. 주변 사람들은 하품을 하거나, 전화를 받으러 나가거나, 자기들끼리 따로 모여 조용히 소곤거렸다. 그렇게 시간을 보내며 우리 둘의 관계는 친형제처럼 돈독해졌다.

J형은 한순간도 가만히 있지 못하는 성격이었다. 여러 사업체를 운영하면서도 어느 날은 불쑥

"책을 썼는데 감수 좀 해줘"

하며 원고를 들이밀었다. 나는 며칠을 밤늦게까지 한 글자 한 글자 정성을 다해 봐주었다.

"기왕 손댔으니 추천사도 좀 써줘"

하면 즐거운 마음으로 원고를 썼다.

형의 회사가 창사 30주년을 맞아 기념식 축하 영상을 녹화해 달라고 했을 때, 이런 말을 했던 기억이 난다.

"임직원 여러분, 30년이나 J형에게 시달리시느라 그동안 얼마나 고생이 많으셨습니까…."

이렇게 시작했더니 기념식장에서 공감의 폭소가 터졌다고 한다.

서로를 알게 된 지 몇 년이 지난 어느 날, 저녁 자리에서 J형이 불쑥 이런 말을 했다.

"정치 해 보는 건 어때?"

내가 파안대소를 하며

"내가 제일 싫어하는 게 정치라는 거, 잘 아시면서…"

했더니 그는 이렇게 말했다.

"아니, 국회의원 말고 대선에 바로 나가지? 내가 후원회장 할게."

이 말에 나는 더 크게 웃었다. 주변에서 함께 듣고 있던 회사 대표들을 살피니, 그들 역시 표정 관리가 잘 안 되는 모양새였다. 농담이라도 그런 말은 하지 말라고 했지만, J형은

"아니, 농담 아니야. 진담이야. 나라가 걱정이 돼서 그래"

라고 했다. 그날 이후로도 J형은 1년이나 대선 이야기를 안줏거리로 삼았다. 참다못한 내가

"난 목소리 높이며 거짓말하는 거 죽어도 못하니까, 그 얘기 이제 그만 하시라"

라고 단호하게 선을 그었고, 동석한 분들까지 내 편을 들자, 그날 이후 J형은 더 이상 정치 이야기를 입에 올리지 않았다. 얼마나 정치가 국민들에게 불신을 주었으면, 그 까칠

한 사람이 정치에 관심 1도 없다는 동생을 붙잡고 같은 농담을 1년씩이나 했을까 싶다.

내가 정치에 관심을 두지 않는 이유는 단순하다. 자질도 모자라지만, 근본적으로 성향과 맞지 않아서다. 불합리한 점이 있으면 나서서 뭔가를 해야 직성이 풀리는 성격이라, 정당의 방침에 따라 때로는 침묵해야 하고, 때로는 맞지 않는 목소리를 내야 하는 것도 감당할 자신이 없다. 상대 진영에서 조금이라도 잘못한 이슈가 발생하면 용서가 없는 반면, 내 편은 무조건 잘못이 없다는 식으로 말하고 행동해야 할 때, 그것을 할 자신이 첫째 없다.

둘째, 온갖 특혜를 받는 '신의 직장'이라 불리는 국회의원이 되겠다고 시장통을 돌아다니며 서민들의 눈물을 닦아드리겠다고 말할 자신도 없다. 봉사를 한다고 말하기에는 국회의원에게 주어지는 혜택이 너무 많다. 특권을 줄이자고 하면 반대에 부딪혀 못 할 게 뻔한데, 당선되면 실천하겠다는 그런 거짓말을 할 수는 없다.

셋째, 평소 말수가 많지 않은 편이라 말을 많이 하는 것도 피곤한데, 언성을 높이고 싸운다는 것은 전혀 내 스타일이 아니다. 태어나서 누구와 소리 높여 싸워본 적이 단 한 번도 없다.

이유는 이 세 가지 말고도 더 있지만, 한마디로 정리하면 정치는 나와 전혀 맞지 않는 분야다. 시작하는 순간부터 불행이 시작될 것이 불 보듯 뻔하다. 상임위에서 여야가 다투는 모습을 볼 때마다, 역시 나 자신을 잘 아는 것이 행복의 지름길이라는 생각을 하게 된다.

사회에서 만난 유일한 천재였던 J형은 최근 난해한 양자역학 책을 썼다. 이전 책들처럼 나에게 감수를 부탁했다. 나는 아무리 어려운 것도 쉽게 표현하지 못하면 제대로 아는 것이 아니라고 생각하는 편이고, 나 스스로도 못 견디는 성격이라 최대한 쉽게 표현하느라 애를 먹었다.

요즘 세간에서도 양자에 대한 관심이 높아지고 있고, 각종 제품 광고에서도 자주 사용된다. 이를 이해하기 쉽게 집에 비유해 보면, 집을 짓는 데 필요한 벽돌, 철근, 유리 같은 건축자재가 있다면, 빛이나 전자, 원자는 이미 완성된 이런 자재에 해당한다. 양자란 그 자재를 이루는 더 작은 부품이라기보다는, 자재가 어떤 크기와 무게, 에너지로 존재할 수 있는지를 규정하는 최소 단위이자 작동 규칙이라 할 수 있다. 즉 양자는 물질과 에너지가 연속적으로 존재하지 않고, 특정한 단계로만 존재하도록 만드는 기본적인 측정 단위이자 자연의 설계 규칙이라고 할 수 있다.

설명을 할수록 내용이 더욱 난해해지고 용어들이 어려워지는 묘한 분야여서, 두 달간 씨름한 끝에 겨우 마무리해 보냈더니 고맙다는 간단한 문자가 왔다. 예전 같았으면 전화를 했을 텐데 왠지 좀 이상하다 싶어 알아보았더니, 컨디션이 좋지 않아 제주도에서 휴식을 취하고 있다는 소식을 들었다.

걱정이 돼서 전화로 괜찮은지 물었더니 밝은 목소리로
"별일 아니야"

라고 했다. 일도 골치 아플 텐데 그렇게 어려운 책까지 쓰면서 스트레스를 너무 받은 것 아니냐고 물었더니, 웃으며 곧 괜찮아질 거라고 했다. 그런데 그것이 마지막 통화였다. 통화 후 사흘 만에 갑자기 돌아가신 것이다. 겨우 예순일곱이었다.

평소 누구보다 건강했고, 지인들은 J형이 백 세까지 일하고도 남을 사람이라고 예상했는데, 이런 황당한 일을 겪은 가족과 지인들, 회사 임직원들의 심정이 오죽할까. 이건 또 무슨 운명의 장난인가. 그의 마지막 목소리가 아직도 내 귀에 환청처럼 남아 있는데, 그는 다시는 돌아오지 못할 곳으로 홀연히 떠났다.

장례식장에서 형수님의 손을 잡고 갑자기 쏟아지는 오열을 주체할 수가 없었다. 상주들이 잠시 쉬는 방으로 자리를 옮겨 실컷 울고 나서야 정신을 차려, 형수님께 위로의 말을 건넸다.

"원래 천재들은 평생 쓸 뇌를 미리 다 소진해 버려서 오래 못 살아요. 저도 그렇게 생각하려고요."

J형이 과거의 천재들이 그랬던 것처럼 순리대로 자연사한 것이라고 마음을 고쳐먹자, 마음이 조금 진정되었다.

친구 K와 J형의 갑작스러운 죽음을 어떤 이론으로 해석한다는 것은 무의미하다. 카오스 이론이든, J형이 좋아하던 양자의 세계든 감정이 깊이 개입된 나의 머리로 이해하기에는 어떤 것도 부족하다. 내가 자세히 알지 못하는 인과관계가 있을 수도 있겠지만, 누구도 손을 쓸 수 없던 안타깝고 불가항력적인 상황이 겹쳐져 운명이 바뀌었다고 말할 수밖에, 달리 표현할 길이 없다.

60년 이상 살다 보니, 사람들이 황망하게 갑자기 세상을 떠나기도 하고, 착한 사람들에게도 큰 불행이 찾아오는 것을 보았다. 아무 이유도 없는 거 같은데, 그렇게 되는 것이 우주의 법칙이고, 그래서 인생은 더 미스터리하다. 하지만 미래가 정해지지 않은 확률로 존재한다는 사실은 오히려 우리가 변화할 수 있는 가능성을 주기에, 희망을 포기해서는 안 된다. 고인이 마지막까지 천착하던 양자역학으로 비유하자면, '관측'이 상태를 결정짓는 것처럼 우리가 타인을 어떤 시선으로 바라보고 얼마나 관심을 두느냐에 따라 상대방 또한 변할 수 있다.

우리의 삶은 독립적이라기보다 주변의 가족, 친구, 사랑하는 사람, 그리고 사회와 깊이 연관되어 있다. 나의 중요한 결정이나 행동은 그 즉시 주변에 예상치 못한 영향을 미칠 수 있고, 반대로 상대방의 행동 역시 나에게 영향을 미친다. 이러한 상호 연결성은 멀리 떨어져 있는 양자 얽힘[*] 상태의 두 큐비트[°]가 서로 즉각적인 영향을 받는 양자 현상과 유사하다고 할 수 있다.[■] 양자의 세계가 인생과 비교되는 지점이다. 우리 일상의 거시세계 역시 결국 미시세계인

---

[*] 양자의 얽힘(Entanglement): 멀리 떨어진 입자들이, 그중 하나의 입자 상태가 결정되면 서로의 상태에 즉각적으로 영향을 미치는 현상

[°] 큐비트: 양자 비트(Quantum Bit)의 준말. 일반 컴퓨터의 비트(0 또는 1)와 달리 0과 1을 동시에 가질 수 있는 중첩 상태를 표현

[■] 멀리 떨어진 두 큐비트: 양자의 얽힘 현상에 따라 각각 다른 공간에 위치한 두 큐비트가 하나의 양자로 연결되어 있는 상태

양자 현상들이 확률이라는 상호작용으로 나타난 결과라고
할 수 있다.

그렇다면 친구 K와 J형, 그리고 사랑하는 어머니는 과연
어디로 갔을까. 저승일까, 천국일까.

아니, 굳이 알려고 할 필요가 없을 것 같다. 그들은 이미
나와 그들을 사랑하는 사람들의 내면에 깊고 아름다운 흔
적을 남겼고, 양자의 얽힘처럼 적어도 내가 치매에 걸리기
전까지는 나와 함께 지낼 테니까.

미래가 정해지지 않은 확률로 존재한다는 사실은
오히려 우리가 변화할 수 있는 가능성을 주기에
희망을 포기해서는 안 된다.

'세상엔 좋은 일도 나쁜 일도 없고,
그 이후에 어떻게 행동하느냐가 인생을 결정한다.'
이 한 문장이 환갑날 깨달은 나의 '에피파니'이다.
곱씹을수록 맞는 말인 것 같다.

16

나의 에피파니

'그다음'이 운명의 시작

어머니를 떠나보내고 2년 동안 일에 파묻혀 정신없이 지내다 보니, 집안 막내인 내가 몇 년 전 어느덧 환갑을 맞게 되었다. 어머니 세대만 해도 환갑이면 장수했다고 잔치를 벌였지만, 요즘 상갓집에 문상을 가 보면 고인들이 대부분 80대 중후반에서 90대 초반일 정도로 평균 수명이 20년은 늘어난 듯하다. 환갑날을 어떻게 뜻있게 보낼까 생각하다가, 출근 대신 하루 종일 조용히 혼자서 산책과 명상을 하기로 마음먹었다. 무엇보다 환갑 당일에 지난 60년을 차분히 정리하고 싶었다.

몇 시간 동안 공원과 뒷동산을 산책하며 지난 60년 가운데 떠오르는 사건들을 하나하나 되짚었다. 장면 하나하나를 곱씹다 보니, 그동안 한 번도 제대로 뒤돌아보지 않았던 과거의 순간들이 다시 떠오르기 시작했다. 내 뇌에 영상으로 저장된 기억의 양이 이렇게나 많았다는 사실에 새삼 놀라지 않을 수 없었다.

내가 떠올릴 수 있는 가장 어린 시절의 기억은 서너 살쯤 되던 어느 여름날이다. 등이 넓은 어떤 여인, 아마도 가사도우미였을 그녀에게 업혀 동네를 돌아다니는 장면이다. 그녀의 두툼한 뒷목과 옆얼굴, 스쳐 지나가던 동네 풍경을 보며 아이스께끼를 먹고 있다. 이 장면이 또렷이 기억나는 것은, 그 여인이 사 준 아이스께끼를 먹고 몹시 아파 병치레를 했기 때문인 듯하다.

그 뒤로는 네댓 살 무렵 밤늦게까지 동네 아이들과 뛰어다니며 소리치고 놀던 장면이 이어졌다. 남의 집 담벼락 아래서 친구들과 촛불을 켜고 귀신 놀이를 하다 시끄럽다며 동네 할머니에게 다듬이 방망이로 등짝을 얻어맞은 일, 가로등도 없던 한여름 밤에 다방구 놀이를 하다 오물을 지고 가던 사람과 부딪친 친구를 우물가로 데려가 씻기며 웃던 일, 그리고 유치원에 다니던 시절 노래를 부르던 모습도 떠올랐다. 놀랍게도 '수산유치원'에 다녔다는 기억뿐 아니라 유치원의 원가까지 기억났다. 유치원 모자를 두고 집에 돌아왔다가 어머니에게 야단맞고 다시 유치원에 갔던 일도 생생하다. 이것은 태어나 처음이자 마지막으로 어머니에게 야단맞은 장면이라 평생 기억에 남아 있다. 그렇게 수많은 어린 시절의 영상들이 파노라마처럼 눈앞에 펼쳐졌다.

초등학교 1학년 시절도 떠올랐다. 그때의 심리 상태까지는 잘 기억나지 않지만, 등굣길에 곧장 학교로 가지 않고 근처 시장에 들러 상인들이 아침 장사 시작하는 모습을 보느라 상습적으로 지각을 했다. 여자 담임 선생님이 잡아먹을 듯 노려보던 눈빛도 함께 떠올랐다. 국어 시험에서 비슷한 말을 쓰는 문제는 글자를 조금씩 바꿔 적었고, 반대말을 쓰는 문제는 글자를 거꾸로 썼다. 속으로는 '뭐 이런 쉬운 문제를 다 내나'라고 생각했지만 결과는 빵점이었다. 초등학교 1학년 국어 과목에서 '가'를 받았는데, 생각만 해도 웃음이 나는 그 영광스러운 성적표를 아직도 소중히 보관하고 있다.

기억은 단순한 장면에 그치지 않았다. 당시 나누었던 대화와 공기의 온도, 분위기까지 생생하게 되살아나며 끝없이 이어졌다. 마치 최면에 걸리면 평소에는 떠오르지 않던 기억들이 다시 살아나는 것과 비슷한 느낌이었다. 뇌는 도대체 어떻게 만들어졌기에 이토록 많은 것을 저장하고, 이렇게 빠른 속도로 재생할 수 있는지 신기하기만 했다. 치매는 유전 가능성이 높다고 하던데, 어머니처럼 나 역시 치매에 걸리면 이 모든 기억 회로가 망가져 아무것도 떠올리지 못하게 될 수도 있겠다는 생각에까지 이르자 마음이 묘해졌다.

하루 종일 혼자만의 추억 놀이를 한 덕분인지, 저녁 무렵부터는 지난 60년의 시간이 조금씩 정리되기 시작했다. 그동안 머릿속에서 복잡하게만 얽혀 있던 생각의 파편들이 마치 태양계 초기, 중력에 의해 흩어진 먼지 알갱이들이 지구라는 행성으로 뭉치듯 어느 순간 하나로 모였다. 그리고 나도 모르게 모든 장면들이 한 문장으로 간단히 정리되었다.

'세상엔 좋은 일도 나쁜 일도 없고, 그 이후에 어떻게 행동하느냐가 인생을 결정한다.'

이 한 문장이 환갑날 깨달은 나의 '에피파니'이다. 곱씹을수록 맞는 말인 것 같다.

내 인생에도 좋은 일도 많았고, 나쁜 일도 많았다. 좋은 일이라면 운 좋게 죽지 않고 세상에 태어난 일부터 시작해 딸아이를 얻은 일, 화제가 된 프로그램들을 만들었던 일들, 승진도 하고 경쟁력과 경영 실적이 나쁘지 않았던 기억들, 인생에서 만난 사람들이 나에게 베풀어 준 사랑과 응원들, 그 밖에도 셀 수 없이 많은 즐거운 일들이 있었다.

나쁜 일들도 무수히 많았다. 아버지의 사업 실패로 겪었던 암울한 학창 시절, 대학 입시에 낙방한 일, 선배의 보증을 섰다가 사람도 잃었던 일, 업무 성과가 좋지 않았던 기억, 방송 사고와 시청자들의 항의 등등 수많은 나쁜 일들도 일어났다.

좋은 일과 나쁜 일들을 하나하나 다시 떠올려 보니, 결국 그 일이 있고 난 뒤 내가 어떻게 행동했는가에 따라 좋은 일이 다시 나쁜 일이 되기도 하고, 나쁜 일이었던 것이 아주 소중한 경험이 되어 결국 나에게 큰 도움이 되기도 했다는 사실을 깨달았다.

내가 막을 수 없는 불행한 사건을 겪더라도 정신을 차리고 그 사건을 잘 활용하면 인생의 좋은 경험으로 승화시킬 수 있고, 결국 그것을 통해 행복한 인생으로 만들어 갈 수 있다. 중요한 것은 나의 '그다음' 처신이었다. 씁쓸한 추억이지만 고3 시절에 담배를 피우다 걸려 정학을 당했지만, 그 후 정신을 차리고 벼락치기로 공부에 매진했던 나의 경험도 그런 경우다.

보통 사람들은 꿈도 꾸지 못할 정도의 좋은 일을 겪고도, 축하 자리를 가진 뒤 음주운전을 하다 사고를 내는 경우를 보았다. 인기 스타가 마약을 하여 평생 일군 명예와 부를 한꺼번에 잃는 일도 보았고, 로또에 당첨된 뒤 가정불화가 생겨 결국 거지가 된 사람도 보았다.

한때는 지방자치단체장에 당선된다는 것이 반쯤 교도소 담장을 넘은 것이나 다름없다는 말까지 있었다. 이제는 대통령이 되어도 안심할 수 없는 세상이다. 최근의 전직 대통령 다섯 명 가운데 네 명이 불행한 일을 겪었다. 남에게 들이대는 잣대보다 스스로에게 더 엄격한 잣대를 들이대는 지혜가 없다면, 앞으로도 이런 일들이 반복되지 않으리라는 보장은 어디에도 없다. 인생은 결국 어떤 경험을 하든, 그 경험 자체에 흥분할 것이 아니라 그 이후를 더 잘 살아내는 데 달려 있다.

내 인생도 그랬고 독자들의 인생도 비슷할 것이다. 내가 만약 젊은 시절에 이 간단한 사실을 깨달았다면 정신적으로도 더 여유가 있고, 어쩌면 더 현명하게 처신했을지도 모른다. 하지만 늦게나마 알아차렸으니 남은 인생에서는 꼭 실천하고 살기로 결심했다. 생각을 조금 바꾼 것인데도 스트레스도 덜 받고 어떤 일을 당해도 '그다음'을 잘하면 되니까 낙담하는 일이 확실히 줄어든 것 같다.

내가 말하는 '그다음'이란 매사를 경험한 그 이후라는 뜻이지만, 청년 시절에 품었던 '초심* 이후'를 뜻하기도 한다. 청년 시절엔 누구나 초심을 갖는다. 정치를 시작하기 전에는 국민들을 행복하게 하기 위해 정치를 하겠다고 하고, 법조인이 되기 위해 공부할 때는 정의를 구현하고, 힘없는 사람들을 보호하기 위해 공부한다고 말한다. 의사 공부를 할 때는 환자의 건강과 생명을 첫째로 생각한다고 하고, 언론인이 되기 전에는 권력의 감시자로서 사회의 등불이 될 거라 한다. 종교 지도자가 되기 전에는 오직 신의 뜻을 받들며, 약자의 편에 서겠다고 다짐을 한다.

그런데 정작 그 자리에 올라가고 나이가 점점 들어서도 그 초심을 실천하는 사람들이 얼마나 있을까. 주변을 둘러보면 고개를 갸우뚱하게 하는 게 현실이다. 100명 중 한두 명을 넘기기가 힘들지 않을까.

나잇값 하는 법

모두가 행복하기 위해 노력한다고 한다. 하지만 나의 인상에 각인된 초심을 잃지 않은 선각자들은 우리가 생각하는 행복과는 거리가 있는 삶을 살았다. 법조인으로는 재심

---

* 초심(初心): 무슨 일을 시작할 때 처음 먹었던 순수하고 올곧은 마음

전문 변호사로 알려진 박준영 변호사 같은 분들, 종교인으로는 법륜스님이나 이태석 신부님처럼 자신의 행복과 타인의 행복을 하나로 알고 실천하는 분들, 의료인으로는 짐바브웨에서 헌신적인 봉사를 하는 강동원·전진경 의사 부부 같은 분들이다. 이분들은 SBS에도, 또 다른 매체들에도 소개되어 큰 울림을 주곤 하였다.

이분들은 행복이 큰 성취에 있는 것이 아니고, 일상의 모든 것들에 이미 와 있음을 볼 수 있는 혜안에 달려 있다고 일깨워 준다. 행복 추구권은 헌법에 보장되어 있는 개인의 권리이지만, 행복을 추구하지 않아야 행복할 가능성이 높아지는 듯하다. 행복은 내가 좇는다고 잡을 수 있는 게 아니라, 마음에서 놓아야 나에게 다가오는 밀당의 선수 같은 존재가 아닐까. "물속에 있는 물고기가 목마르다는 말을 들을 때, 나는 웃음이 터져 나온다"라는 까비르*의 시처럼 행복이라는 갈망도 거기 매여 있으면 같은 올가미일 뿐이다. 좋은 일은 그대로 좋고, 나쁜 일도 지금 그것을 어떻게 바라보고 이후 어떻게 하느냐에 따라 좋은 일이 될 수

---

* 까비르(Kabir): 인도의 시인. 형식적인 종교와 계급 차별을 부정하고, 내면의 깨달음과 존재의 존엄성을 직설적이고 서정적인 시어로 표현했다.

있다. 결국 모두 좋은 일인데, 행복, 행복 쫓아갈 일이 없는 것이다.

필요 이상으로 욕심을 내면 이 세상은 언제나 궁핍한 곳이 되고, 불행한 곳이 된다고 수많은 선각자들은 이야기해 왔다. 살아보니 실제로 나에게도 필요한 것은 그렇게 많지 않았다. 소유를 확장하는 데 몰두하는 사람은 결국 그 소유물에 의해 소유당하게 된다고, 스승들은 말해 왔다. 너무 많은 것을 가지면 자식들이 불화를 겪는 경우가 많고, 많은 것을 물려받은 자식은 물질의 소중함과 고마움에 무뎌져 결국 소유물에 구속된 삶을 살 가능성이 높아진다. 주위에서 어렵지 않게 목격할 수 있는 엄연한 현실이다.

그럼에도 불구하고 나도 한번 그렇게 많이 소유해 보면 좋겠다, 그렇게 큰 재물 한번 물려받아 보면 좋겠다고들 하는데, 그렇게 이루어진다 해도 단위만 달라질 뿐 똑같이 또 부족하고, 똑같이 인생의 좋은 일 나쁜 일이 반복해서 펼쳐질 뿐이다. 결과는 지금 이미 나와 있다.

그렇다면 부모의 고마움을 느낄 정도만 물려주고, 스스로 설 수 있는 독립심을 갖게 하는 것이 현명한 부모일 것이다. 그러나 이것을 머리로는 잘 알면서도 실천하기는 쉽지 않다. 그 이유가 무엇일까. 과거로 돌아가 처음 시작할 때의 내 모습을 잊었기 때문일 수 있다. 청년 시절의 꿈과 열망이 어느새 이기적인 욕심으로 변질되었다는 사실을 스스로 인식하지 못하기 때문인 것이다. 현재의 풍요에 취해 과거 결핍의 시기에 다졌던 그 풋풋한 결심과, 그때의 가치와 행복을 까맣게 잊었기 때문일 수 있다. 한마디로 정리하면 초심은 잃었고, 나잇값은 못 하고 있기 때문이다.

내가 생각하는 나잇값이란, 매사에 후손들 보기에 부끄럽지 않게 행동하는 것이 첫째다. 그리고 무엇보다 중요한 것은, 나이 든 사람의 노욕에서 벗어나 사회에 첫발을 디디고 출발할 때의 마음을 잊지 않는 것이다.

발효가 잘못되면 부패하듯, 나이가 든다고 해서 사람이 다 성숙해지는 것은 아니다. 초심을 잃지 않은 채 나이에 상응하는 유연함과 너그러움, 그리고 덕행을 베풀 때 비로소 나잇값을 한다고 할 수 있고, 인간으로서 품격을 갖추었다고 말할 수 있다. 누구나 완벽하게 실천할 수는 없겠지만, 적어도 그렇게 되기 위해 노력은 해 가야 하지 않을까.

인생은 결국 어떤 경험을 하든
그 경험 자체에 흥분할 것이 아니라
그 이후를 더 잘 살아내는 데 달려 있다.

나와 타인, 양쪽에서 만들어 준 점들이 얽히고설켜
'3차원 곡선'이 되어 현실과 만나는 순간으로 이어져 왔고,
내 앞에 놓인 미래는 '수많은 확률의 중첩'과
유사하다는 사실을 온몸으로 이해하는 데 오랜 시간이 걸렸다.

17

나는 오늘도

하루가 인생이다

2010년 49세에 방송 편성을 책임지는 임원이 되었다. 방송 시작과 종료에 나오는 애국가에 내 이름이 편성책임자로 올라갔다. 검색 사이트에서 찾아보니 우리나라 직장에서 임원이 될 확률은 0.8퍼센트 내외라고 한다. 승용차와 기사, 비서가 제공되었고 사무실도 커졌다. 지상파 방송사에서는 소년 출세라고 할 정도로 초고속 승진이어서 주변의 부러움을 한 몸에 받았다.

솔직히 말하면 선배가 끌어주고 대체 불가능한 후배 PD들과 작가들이 노력해 준 덕이었고 운은 그 다음이었다. 나의 실력보다 과대평가된 결과였지만, 그 기대를 저버릴 수는 없었다. 몸과 영혼까지 갈아 넣어 일을 제대로 한번 해 보기로 다짐했다. 앞으로 어떤 마음가짐으로 살아야 할까 고민하다가 각오를 짧은 글로 정리했다.

나는 오늘도

나는 오늘도

나의 건강함에 감사하며 하루를 시작한다

나는 오늘도

누구 앞에서도 정정당당하게 행동하고 밝은 표정과 웃

음을 잃지 않겠다

나는 오늘도

항상 겸손한 자세로 남의 말을 경청할 것이다

나는 오늘도

나에게 닥칠 그 어떤 어려움도 불평하지 않고 지혜롭

게 이겨내겠다

나는 오늘도

한 번 시작한 일은 결코 포기하지 않을 것이며 계속 도

전하여 반드시 성공시킬 것이다

나는 오늘도

만나는 모든 사람들을 진심으로 대할 것이며 어려움에

처한 사람을 돕겠다

나는 오늘도

부지런히 몸을 단련하고 매사에 게으름을 피우지 않겠다

나는 오늘도

30분 이상 책을 읽고 명상하겠다

나는 오늘도

내가 속한 조직과 나라의 발전에 기여하도록 노력하겠다

나는 오늘도

언제 나에게 닥칠지 모를 죽음의 순간을 생각하며 사
리사욕을 버리고 정도를 갈 것이다

- 박정훈

인간의 의지는 나약하고, 사람은 망각의 동물이기에, 글로 쓴 무언가가 필요할 때가 있다. 남의 잔소리보다 자존심도 상하지 않고, 조용히 나를 돌아볼 수 있는, 스스로에게 매일 하는 잔소리가 필요했다.

지난 15년 동안 출근해서 거의 매일 아침마다 이 글을 보았다. 스트레스가 심한 날은 자꾸 더 눈길이 갔다. 어제 나는 이런 하루를 살았는지를 생각했고, 오늘도 나는 이런 하루를 살겠다고 다짐했다. 90퍼센트 가까이 지킨 것 같다.

모자라는 10퍼센트를 채우려 애를 썼다는 것만으로도 지난 날이 조금은 뿌듯하다.

2025년 11월 말, 나의 청장년기를 온전히 함께한 SBS 그룹과의 인연을 마감하는 날이 찾아왔다. 간부들이 모인 자리에서 퇴임 인사를 하고 프린트해서 이 글을 한 장씩 나눠 주었다.

"시라고 할 수준도 못 되고, 지난 15년간 저를 지켜 준 글입니다. 이대로 하시라는 얘기는 아니고, 참고해서 저마다의 이야기를 새롭게 써 나가시길 바랍니다."

떠나는 자의 마지막 고언

40년 가까운 방송인의 삶을 살면서 얼마나 크고 작은 판단 실수와 잘못된 결정을 했을까를 생각하면 얼굴이 화끈거린다. 누구보다 치열하게 살았으니 나도 의식하지 못하는 사이에 많은 사람들의 마음에 상처를 줬을 것이다. 한때 노조에게 소송당하고 불편한 관계일 때도 그랬을 것이고, 직원들을 냉정하게 징계해야 할 때도 그랬을 것이다. 이런 것들이 마음 한구석에 갚지 못한 빚처럼 남아 있다.

그동안 부족한 점이 한둘이 아니었지만, 회장님이 늘 힘을 실어 주었고, 선후배들이 도와주고 감싸 주었다. 사장 임명동의제 투표도 직원들이 두 번이나 통과시켜 주었다. 내 인생의 스승이었던 그분들의 선의와 협조가 없었다면, 나 같은 범부가 대표이사를 10년이나 하는 건 불가능했다.

주변 사람들을 잘 만나고 시대를 잘 타고나서, 일하면서 부끄럽지 않은 결과를 만들어 냈지만, 나만 누리고 떠나는 것 같아 미안한 마음이 먼저 든다. 후배들이 헤쳐 나가야 할 미래의 방송 환경 또한 결코 쉽지 않을 것이다. 하지만 과거에도 그랬고, 또 앞으로도 우리의 대체 불가능한 인재들이 앞장서서 거친 파도를 잘 헤쳐 나가리라 믿는다.

길고 험했던 굴곡의 여정을 정리하니, 아쉬움이나 서운함보다는 이제는 집에 돌아간다는 안도감과 미지의 세계로 들어가는 설렘이 앞선다. 나의 마지막 소회를 감사의 마음과 남은 애정을 모두 담아 후배들에게 메일로 보냈다.

안녕하세요, 박정훈입니다.

지난 35년 동안 SBS 미디어그룹에서의 추억을 뒤로하고 이제 여러분 곁을 떠나게 됐습니다.

그동안 크고 작은 실수와 판단의 오류도 적지 않았지

만, 늘 따뜻하게 감싸 주신 SBS 미디어그룹 임직원 여러
분 덕분에 무사히 임무를 마칠 수 있었습니다. 정말 고맙
습니다.

'떠날 때는 말없이'라는 말이 있지만, 후배들에게 조금
이나마 도움 되는 말을 하고 물러나는 것이 여러분이 주신
사랑에 대한 도리라고 생각해서 몇 마디 남기겠습니다.

우리가 매일 끊임없이 성찰하고 개선해야 하는 과제 중
에서 가장 중요하다고 생각하는 세 가지를 골랐습니다.

첫째로 강조하고 싶은 것은 '공정'의 가치를 반드시 지
켜야 한다는 것입니다. 누구나 개인적으로 어느 한쪽의
정치 성향을 가질 수 있지만, 방송에서는 공정과 균형을
꼭 지켜야 합니다. 보도가 국민 신뢰를 한 번 잃게 되면
오랜 기간 백약이 소용없게 됩니다.

둘째는 공정한 인사입니다. '실력과 인성', 이 두 가지만
보고 인재를 발탁해서 실력을 충분히 발휘할 시간을 주어
야 합니다. 그래야 모두가 안정감을 갖고 일에 몰두할 수
있으며 외부와 깊이 있는 네트워크를 만들 수 있습니다.

셋째로, 콘텐츠 회사의 미래는 콘텐츠 투자에 달려 있
습니다. 콘텐츠 투자에 인색해서는 미래를 기약할 수 없
으며, 콘텐츠 전문가의 목소리가 존중받는 조직문화를 만

들어야 지속 가능한 경쟁력이 생길 수 있습니다.

세상에 공짜로 얻는 것은 없습니다.

자리에 연연하지 않는 경영진의 확고한 정론 의지,

모두가 인정하는 공정한 인사,

지속적인 콘텐츠 투자,

이 세 가지를 잘 실천한다면 국민들이 신뢰하는 최고의 직장으로 영원히 기억될 수 있을 것입니다. 지금 잘하고 있더라도 더 잘하라는 의미로, 지금 부족한 점은 미래를 위해 모두가 힘을 합해 개선해야 한다는 의미로 경험에서 얻은 소신을 남깁니다.

이제 더 자유롭게 인생을 살 기회를 얻게 되었으니 여생도 하루하루를 감사하며 부끄럽지 않게 살겠습니다. 어디서 무슨 일을 하더라도 SBS가 저에게 베풀어 주신 은혜는 평생 잊지 않겠습니다. 어려운 시기에 애쓰시는 모든 분들의 건강과 행복을 기원합니다.

박정훈 올림

이제 나의 지난날을 관통하는 '내 인생은 무엇으로 결정되었나?'라는 화두를 정리해야겠다. 쉽게 표현하면 두

가지의 큰 흐름이 내 인생의 방향을 결정해 왔다고 할 수
있다.

하나는 나 스스로 만든 것이고, 다른 하나는 타인이 만
들어 준 것이다. 나와 타인, 양쪽에서 만들어 준 점들이 얽
히고설켜 '3차원 곡선'*이 되어 현실과 만나는 순간으로 이
어져 왔고, 내 앞에 놓인 미래는 '수많은 확률의 중첩'°과
유사하다는 사실을 온몸으로 이해하는 데 오랜 시간이 걸
렸다.

어떤 때는 나의 결단이 더 중요했지만, 어떤 때는 주변
사람의 영향이 더 결정적이었다. 나의 노력보다는 인연의
덕이 컸다는 얘기다. 가급적이면 자신의 판단에 오류가
생기는 확률을 줄이기 위한 노력도 해야겠지만, 더 중요한
것은 선하고 의로운 사람들과 가까이하는 것이다. 먹을

---

* 2차 방정식으로 표현하기 어려운 형태로, 3차원 공간에서 점의 위치
가 시간에 따라 변하면서 그려지는 경로나 모양. 예를 들면 던져진
공의 궤적이 3차원 곡선으로 표현된다.

° 엄밀하게 보면 양자역학적 중첩과 동일한 개념은 아니다. 여기에서
의 중첩은 인생을 돌아보니 한 시점에 단 하나의 미래만 존재했던
것이 아니라, 여러 가능성이 동시에 열려 있었고, 어떤 선택과 어떤
사건을 계기로 그중 하나의 경로가 현실이 되었다는 느낌을 지울 수
없기에 물리학의 개념을 차용한 것이다.

가까이하면 검게 된다는 말이 있듯, 누구를 가까이하느냐가 인생의 방향을 180도 바꿀 수 있다는 것을 여러 번 절감했다.

이런 경험은 우리가 오늘 한 행동 하나, 타인에게 건넨 따뜻한 말 한마디가 수많은 확률의 안개를 걷어 내고, 우리가 원하는 현실로 결정지을 수 있다는 교훈이기도 했다. 우리의 삶이 불확실한 것은 불안한 것이 아니라, 우리가 바꿀 수 있는 가능성도 무한히 열려 있다는 위로이기도 하다.

부끄럽지만 내 인생을 다운그레이드했던 기억은 주로 내가 주도한 것이었고, 행운을 가져다주었거나 업그레이드해 준 결정적인 터닝 포인트들은 대부분 나와 인연을 맺었던 주변 사람들이 계기를 만들어 주었다. 이 가르침도 내가 인생에서 얻은 큰 수확이었고, 만나는 사람들에게 항상 겸손해야 하는 이유이기도 하다.

"네가 무슨 일을 겪더라도
그다음 행동이 너의 인생을 만들어 줄 거야."

글을 마치며

글을 쓰면서 가장 많이 떠올린 질문은 '만약 그때 그 일이 일어나지 않았다면?'이었다. 이 질문을 시작하면 끝없이 연쇄반응이 일어났다. 앞에서 말한 내용 가운데 친구 K가 방송국 입사 시험을 같이 보자고 한 사건이나 직장을 옮긴 일, 연수를 가게 된 행운 등등…. 수많은 일들 가운데 어느 하나만 일어나지 않았어도 지금과는 완전히 다른 삶이 전개되었을 것이다. 생각하면 신기하기도 하고, 인생에 대해 경외감마저 든다.

확률이라는 말을 자주 썼지만, 그것은 인생을 수학적으로 계산하려는 의도에서가 아니다. 인생을 겸손하게 바라보기 위해 빌려 쓴 것이다. 누구에게나 일어날 수 있는, 자신이 결코 의도하지 않았던 삶이 전개된다 할지라도 실패했다고 여기거나 낙담할 필요가 없다는 말을 하고 싶었다. 그 이후에 다시 수많은 가능성의 길, 또 다른 확률의 세계가 동시에 열려 있기 때문이다.

우리가 안다고 주장하는 진실이라는 것, 진리라는 것, 지난 몇백 년의 짧은 기간 동안 과학이 밝혀낸 사실들도 우리가 생각할 수 있는 범위 안에서 존재하는 것들일 뿐이다. 바이러스에서 인간에 이르기까지 우주 안의 모든 것은 변하고 있다.

바다를 건너는 거북이 등 위에 나뭇잎 하나가 떨어지는 장면을 떠올려 본다. 그 나뭇잎이 '나'이고, '당신'이다. 과거엔 우리 모두 가늠하기조차 불가능한 확률로 태어난 소중한 존재라고만 생각했는데, 그렇게 어렵게 태어난 '나'와 '당신'이 만날 확률은 그보다 더 희박하다는 걸 깨달았다. '태평양에서 헤엄치는 고래 등에 낙엽이 떨어질 확률'쯤 될 것 같다. 그런 확률을 뚫고 만나서 서로를 미워하거나 해를 끼치는 행동을 한다는 것은 참으로 어리석은 일이 아닐 수 없다. 지난 세월을 돌아보니 사람들과 인연을 맺은 것이 내 인생의 전부였다는 생각이 든다.

머지않아 나도 인생의 종착역에 빈손으로 도착할 예정이다. 현대 의학의 도움을 받아 평균 수명이 늘어났다고 해도 그 연장된 시간 또한 금방 지나갈 것이다. 환갑 기념으로 유서를 친필로 써서 아내에게 맡겨 두었다. 뇌사 판정을 받으면 가능한 신체의 모든 부분을 기증하기로 등록도 했다. 마지막 순간에 가까워지면 어머니의 고통스러워 보였던 마지막 모습과 다르게, 인간으로서 지녀야 할 최소한의 품위를 지키며 떠날 수 있는 존엄사를 하고 싶다고 썼다.

만약 다시 20대의 나에게 말을 건넬 기회가 주어진다면, 그리고 딱 한 마디만 할 수 있다고 한다면 이 말을 꼭 전하고 싶다.

"네가 무슨 일을 겪더라도 그다음 행동이 너의 인생을 만들어 줄 거야."

어린 내가 그 뜻을 이해할 수 있을지는 모르겠지만….

보잘것없는 방송 인생을 모두에게 적나라하게 드러낸 부끄러움이 뇌에 잔상으로 남아 한동안 나를 괴롭힐지도 모르겠다. 부족했던 점들은 여생의 교훈으로 삼아 수신(修身)에 전념하려 한다. 그동안 내 삶에 의미를 부여해 주신 분들께 감사드리고, 또 감사드린다.

방송 역사의 뒤안길로 사라지는 어느 방송인의 인생 탐구 여행기를 마친다. 잔소리를 아끼지 않았던 고세규 스승께 특별히 고마운 마음을 전한다.